你個醫療制度壞咗呀！

THE UNHEARD VOICES
IN HONG KONG'S CRUMBLING
HEALTHCARE SYSTEM

推薦序：沈祖堯教授

最近我和工作的同事們，一起在醫院病房旁邊的醫生休息室吃午飯、聊天，才發現今天在公立醫院工作的前線醫護人員，士氣是處於三十年來最深的低谷。前線工作壓力之大、醫院制度的去人性化、醫療事故的責任追究，還有公私營醫護的失衡，都使我們年輕一代的醫護人員（包括醫生、護士、藥劑師、物理治療師、放射治療師等）喘不過氣來。帶著失望和沮喪而離開醫護行業或公營機構的，不計其數。這使在公共醫療系統掙扎了三十五年的我，也感到失望和無助。

回想自己立志讀醫的年日、當了醫生教授引導年輕醫科學生的日子，以至每年醫學院入學招生面試的過程，看見一顆又一顆赤子之心，今天都不知道往哪裡去了。其實這也不是香港獨有的問題，也是全世界許多發達國家所面對的問題。我們的醫療系統是否愈來愈不濟，愈來愈功利，愈來愈不受尊重了？但我們不甘心，不甘心看到病人得不到應有的照顧而受苦，不甘心看見這神聖的救命扶危任務變成一宗買賣，也不甘心看見一向令人自豪的香港醫療體系禮崩樂壞。

感謝一班年輕的公共衛生學者，為我們的醫療體系把脈，為香港的醫護人員打氣。我佩服這群年輕的公共衛生研究學者，以不同角度，對醫護人員的困境、制度與官僚的敗壞，和政策與計劃的失衡，作了深入淺出的探討。從受訪醫護人員的親身演繹，帶出問題的癥結，指引走出困局的可能方向。

我建議每個有志投身醫護行業的同學要細閱此書，推介每位在前線打拼的醫護同行細閱此書，邀請每位在位、計劃和決策的高層細閱此書，最重要，還是每一位曾患病而對使用醫療服務有意見的市民細閱此書。然後你會發現，要重修這曾經令我們每個香港人自豪的醫療體系，是需要各方的努力、諒解和合作。

這是一本不常見的好書。

沈祖堯教授
2019 年6月

推薦序：林正財醫生

人口老化恍如一石激起千層浪，牽涉範圍廣泛，影響深遠，成為亟需香港長期關注及應對的社會問題。它所帶來的種種壓力，已經顯現在社會不同層面之內，其中受壓較明顯的是公營醫療系統。它現在與未來所面對的障礙，以及一直以來在人力資源上的缺欠，構成巨大的挑戰，加上流感和麻疹等之「突擊」，更是雪上加霜。凡此種種引發了來自四面八方的意見和討論，我認為這些聲音正正就是幫助改善醫療系統的重要參考。

一些勇於表達的聲音，我們可持續聽到，但那些含蓄內斂或未有機會去發表的聲音，相信也存在具建設性的意見，需要有人去發掘和公開，好讓大眾聽多一點，看闊一點，令討論可再全面一點。而公共衞生研究社編撰的這本新書，既締造了一個發聲的渠道，也讓讀者進一步了解受訪醫生、護士、藥劑師、放射師、專職醫護人員、社工、學者、病人、照顧者、醫學會成員和記者等對醫療系統的看法和意見。

拜讀這本新書時，看到部分受訪者提到基層醫療，反映它獲得醫護支持。事實上，基層醫療是目前亟需推展、有助紓減公營醫療系統壓力的措施。它讓醫護和專職醫護人員等在社區的層面，協助市民預防疾病和持續護理，並鼓勵他們自我管理健康。此願景一旦實現，市民就可善用基層醫療，減少出入醫院的次數。要達成這個長遠目標，不同持分者，包括政府、非政府機構及商業機構等必須共同商議和配合，並在社會各層面積極推動；與此同時，我們必須接受創新的思維，一起突破傳統框框，希望可以為醫療發展開創新局面。

期望社會更多人集思廣益，並建立有建設性的發聲和討論文化，一起為創造理想的醫療系統而努力！

行政會議成員
安老事務委員會主席
基督教靈實協會行政總裁
林正財醫生
2019年6月

推薦序：歐耀佳醫生

感謝公共衞生研究社邀請為《你個醫療制度壞咗呀！》一書寫序，是我的榮幸。

作為一位服務公立醫院卅五年、剛於月前退休的外科醫生，閱後感受良多，好像走進時光隧道，再次經歷三十年來香港的醫療變遷。

由八十年代《史葛報告書》、醫院管理局成立、九十年代《彩虹報告書》，至《哈佛報告書》，討論改善各項醫院服務、醫療政策、融資，到現在自願醫保，總離不開公私營醫療服務失衡、基層及專科服務配合、急症及慢性病分工和社區照顧等問題。

醫管局於1991年根據《醫院管理局條例》成立，曾給予大家很大期望。其四大目標為：（一）為有需要人士提供服務（安全網）；（二）為市民提供緊急救護服務；（三）提供高技術、複雜、昂貴先導服務（如器官移植、心臟手術、骨髓移植等）；及（四）提供教學、培訓、研究等功能。

醫管局成立之初，無論在資源、人力、設施、管理及服務上都有很大改善。九十年代後期，有鑑於服務需求不斷增長，時任總裁楊永強醫生提倡基層醫療及家庭醫學的重要性，不能過度依賴專科及住院服務。為改善基層醫療及家庭醫學的發展，醫管局在九十年代後期，陸續接受了大部分衞生署管轄之普通科門診，更大幅縮減專科輪候時間。

及至九八年金融風暴，政府削資，私營醫療萎縮，醫科畢業生面臨失去工作及培訓機會，新入職的同事要接受新合約及聘用條件，種種都為服務及士氣帶來極大衝擊。加上千禧年代的自願離職計劃（俗稱肥雞餐），不少資深同事選擇離去，故造成近年各職系出現斷層情況。

到近年「公家醫療爆煲」，多少和人口老化、人口政策、醫療規劃、服務管理、人力資源政策及培訓、員工士氣、病人認知、權益和要求等等有關。過度依賴專科及住院服務，也有一定比重。

個人認同書中提及從上游入手，加強基層醫療及家庭醫學，提供培訓及充權，承擔多些基本檢查及簡單程序，可減少相當比例的專科轉介。從下游入手，可加強公私營協作、社區門診、社區支援等措施，將長期病患及穩定病人轉往社區照顧。

書中亦有多位專職醫療同工的寶貴意見，如護師專業、醫護分家、專職治療師作專業評估、跨專業轉介等，為病人提供適切治療方案，分工合作。個人覺得這些建議是可作深入探討，也期待可有助紓緩醫療壓力。

在此再感謝編輯部能從多方面作探討，為醫療服務把脈，相信這亦是拋磚引玉，期望能多作社區討論，為香港未來醫療服務提供一個方向。

歐耀佳醫生

2019年5月

在醫療崩壞之際，我們提筆

「得閒死唔得閒病」——戲言已成香港人每日面對的現實:急症室平均輪候時間超過八小時,檢查或手術排期時間以年計,冬季病床佔用率超過100%,門診診症時間極短,前線醫護及專職醫療人員廢寢忘餐、不眠不休地工作⋯⋯作為一個在多方面領先全球的發達地區(至少曾經如是),為何我們的醫療系統千瘡百孔?甚至較一些經濟發展遜色的地區更差?難道香港人只配有如此破爛的醫療系統?

每每與外國醫學及公共衞生界朋友聊起,他們總會錯誤認為,香港必然有一個行之有效的醫療系統。驟耳聽來,不免失笑,細心一想,卻不無道理。香港的醫學科研,舉世有數,醫生的知識根基和能力,亦名列前茅。按某些指標,香港確然擁有優秀的醫療系統:人均壽命長踞世界頭十位,新生嬰兒夭折率及孕婦死亡率之低亦領先全球。

奈何,熟知香港社會現況的我們,卻難以自欺欺人,只好向滿臉羨慕的朋友,尷尬地解釋殘酷的真相:市民大眾和前線人員如何活在水深火熱之中,這個醫療系統又如何忽視預防醫學和基層醫療,以致資源不能有效利用⋯⋯

2016年,17%的香港人口為六十五歲或以上的長者。根據政府統計處2017年的估算,2026年將有25%人口為六十五歲或以上,比率更將於2046年達至34%[1],即每三名香港人中,便有一名年齡為六十五歲或以上。醫學科技和知識的進步,無疑令人類更長壽,然而,我們亦要面對跟以往不同的疾病風險。發達地區的頭號殺手及常見疾病,從上世紀的傳染病,如肺結核病、麻疹等,轉移到如癌症及心臟病等慢性疾病。大量長者同時為多種慢性病所苦,需要各種長期護理。戰後以來半世紀,香港一直沿用以醫院和治療為中心的醫療系統,奈何這則萬金方,已不能有效地照顧長期病患者,而人口老化帶來的醫療需求,社會亦必須面對。

今日的困境，可歸因二十年前，主政者的短視。早在1999年，香港政府委託美國哈佛大學分析香港醫療系統。研究報告指出，必需以公共衞生及基層醫療為核心，才能有效率地運用有限的醫療資源，以面對未來人口健康的挑戰[2]。儘管有關建議在及後數份政策文件內均有提及，政府卻未見落實政策，改革醫療系統，走出以醫院為中心的治療性體系，並往預防醫學方向發展。在了解不同醫療持分者的過程中，更確定我們的想法：今天的香港，只是依靠消耗醫護及專職醫療人員的健康、士氣和責任感，才得以勉強維持一個「優秀的醫療系統」。

香港人看似接受優質醫療，得享長壽，實則與健康無緣，更遑論幸福。

公共衞生研究社的成立，也可以說是被香港的「不健康」逼迫所致。前線醫護、公共衞生學者、醫療政策研究者、傳染病學者、醫療信息及資訊科技人員、記者、建築師……我們在各自崗位上，看過太多香港醫療系統的弊病。雖然背景未盡相同，我們的理念卻不謀而合：以研究及實證，為人口健康的相關討論注入更多底蘊，並與社會各界共同構想、推動一個切合香港需要的醫療體系。

生於困境，我們提筆。透過醫療系統中，「人」的故事，希望讀者能了解本港醫療體制的前世今生，一步一步尋根究底 —— 為甚麼我們的醫療系統會「壞咗」？閱畢此書的各界朋友，假如你們有所共鳴，請與我們一起多走幾步。由正視市民的醫療需求，以至社區健康服務和公眾教育等，我們每一個人的參與，都無比重要。

在此，我們謹向每位受訪者衷誠致謝。儘管他們的經歷，是如此教人心灰，他們仍留守於這挫磨意志的腐化體制，咬牙堅守。受訪者中，有些名字早已為人熟悉，但亦有默默地守護你我健康的小人物；有在醫護前線

奮鬥的同工，亦有在社會其他位置出力的志士；有初生之犢，亦有退而不休的。編撰的過程中，亦感謝各界前輩的意見和支持，特別是義不容辭、執筆提序的三位：沈祖堯教授、林正財醫生和歐耀佳醫生。

我們不會天真地以為，寥寥數筆便可解決現時的醫療困局，我們亦未能提出一個萬用的答案。拋磚引玉，只望帶出更多對醫療體制的想法和討論，共同尋找藥方，醫治這個「得閒死唔得閒病」的醫療體系。

執筆之時，香港正在經歷一場風暴。我們謹在此，向為了香港未來而犧牲的志士，致以最深切的思念和敬意。仍在途上的朋友，儘管前路漫漫，還是要背負先離場者的意志，好好走下去。這是我們每一個人的責任。

一切源於對這個小城的喜歡。

公共衞生研究社
2019年6月19日

註：

1　《香港統計月刊》，政府統計處，2017年。https://www.statistics.gov.hk/pub/B71710FA2017XXXXB0100.pdf

2　《香港醫護改革：為何要改？為誰而改？》，美國哈佛專家小組，1999年。https://www.fhb.gov.hk/en/press_and_publications/consultation/HCS.HTM#MAIN%20REPORT

目錄

第 1 章

曾經，我們的
醫療系統領先全球

昔年，港督麥理浩為香港定下四大支柱：房屋、社福、教育、醫療。在政府勵精圖治下，香港的醫療水準顯著提升，曾奪命無數的傳染病成為歷史，人均壽命延長、產子夭折率下降……那是曾經美好的歲月。

醫院管理局始於1990年。這本應是繼麥理浩的大改革後，另一次香港醫療制度的重大突破。由一個公營機構，盡收天下兵器，統領全港公營醫院，有效分配資源，提升醫療質素。說得要多美好，便有多美好。

結局是否如前人所想的那樣？醫管局的確曾有光輝歲月，香港人不單人人有書讀，還人人有醫生看，甚至不用輪候，「超英趕美」。但神話來得快去得也快，急症室、專科門診的瘋狂輪候、醫護的高聲疾呼、病人的痛苦呻吟……當年創建醫管局的他們，有想過會變成今天這樣嗎？

 **你會不會**

想政府再把你百分之二
的薪金撥出去（醫療）？
就只是這樣。
最有學識、受最多教育
的市民都不會願意。

—— 食物及衛生局前局長高永文

1.1 未竟的改革之路

撰文：陳盈 ｜ 受訪：高永文（食物及衞生局前局長）

相比起名醫雲集的中環，高永文的診所開在佐敦，正正切合他的形象：貼地的「民望高」，與眼高於頂的中環精英，就是有著那麼一點點分別。「不是我喜歡才當私家醫生的。」告別官場，到私營市場「搵真銀」並無不妥，他卻強調只是因為在公營醫療已沒有他的位置，「我當公立醫生，可以去哪個位置？離開這麼久，手都生了，怎好意思去當顧問醫生？但即使我在私人市場，理念仍然清晰，還是想醫管局做得好，不希望醫管局做得不好，而令病人都來了我這裡。」

食物及衞生局局長、醫院管理局專業事務及人力資源總監、香港醫務委員會委員……高永文的履歷，帶著濃厚的「建制」味道，但其實他也曾是工運成員。八十年代，港英政府醞釀成立醫管局時，他在瑪嘉烈醫院任職骨科醫生，為著前線醫生的待遇抱打不平。

「當時我自己都是工會一員，對公立醫院的管理都不是太滿意，尤其是醫生的工作環境：一個政府醫院醫生可以連張寫字枱都沒有，連一個屬於醫生的洗手間都沒有。」八十年代，香港人口突破五百萬，公營醫療系統逐漸難以應付。當年公立醫院分為政府醫院和補助醫院，兩種醫院由於資助方式不一，管理方式和環境亦差天共地。高永文記得，當時公營醫院行政繁雜臃腫，拖垮醫院工作效率，「後來我在醫院事務署工作才發現，原來所有政府醫生的放假申請都要我加簽。但奇怪的是，當文件到我簽署時，申請的醫生通常都已經放了假。」

從工運到管理層

今天人人怨聲載道的醫院管理局，其實曾被視為拯救公營醫療的一道良方。成立一個整合全港醫院的機構，運行於政府之外，有效率而合理地分配資源……這些在今天會被嘲笑為「天真幼稚」的想法，當天卻無疑是一個美好的願景。當年的高永文，也理所當然投入到這個願景之中，「都是一個機會，去改善管理效率，改善大家的工作環境，而且可以改善服務文化。」

如是者，1989年，**醫務衞生署**分拆為衞生署及醫院事務署時，高永文便應時任醫務衞生署副署長周端彥邀請，加入醫院事務署，為將於一年半後成立的醫管局「接生」，「在工會時也跟周端彥醫生交過手，可能他覺得我是工會分子之中比較Reasonable的一個，就捉了我加入。」從體制外到體制內，就由這一步開始。

醫管局的誕生，可追溯到1985年，港英政府委託顧問公司發表的《**史葛報告書**》。報告建議重整醫院結構，改善醫院管理，提高護理質素和改革服務文化。成立初期的醫管局便以此為目標。時任醫管局人力資源總監的高永文憶述，九十年代中期，醫管局統一管理公立和補助醫院，增加醫療經費，提供的醫療服務品質甚至超越私人市場，曾經「風行」的帆布床也絕跡不見。當時的佳話是，市民使用公立醫院，可以「零輪候」。「出現的另一個問題，就是私人市場的醫院和醫生都生意慘淡。所以在九十年代中後期，開始被私人市場的醫生指責他『洗錢唔抹腳』。」

短暫的黃金時代

公私營之間的矛盾，在醫管局強勢之時尚能壓住，但到公營醫療環境惡化，潛在的問題便都浮現。「我整個（局長）任期都在不停『追數』。」依高永文所說，今天的禍患，早在二十年前已經種下。千禧年後，因為亞洲金融風暴的遺禍，港府赤字連連，同時開始削減公共醫療支出及醫護人員培訓名額。單在2003至2004年度，醫管局便已削減一千二百張急症及普通科病床，相等於三分之二間瑪嘉烈醫院。這個「醫療緊縮」的循環，大約維持了十年，「直至我入政府後（2012年）才有好轉，但人口老化，依然令醫管局服務供不應求。」

問題癥結，還是要數到香港的**醫療融資**方式。當年《史葛報告書》雖有提及醫療融資，但政府成立醫管局後未有跟進，醫管局亦沒有權力處理整個醫療體系的融資問題，「政府對醫療融資只有一句方針，Ensure that no one is denied adequate medical treatment due to lack of means（確保沒有人會因為財力不足而被必須的醫療服務拒諸門外）……往後我們看見很多醫療系統的問題，其實大多都與醫療融資有關。」

說起醫療融資，高永文忍不住苦笑，「因為香港已經達到了Universal Health Coverage（全民健康覆蓋）：雖然並非人人都有一個最高質素的醫療服務，但至少人人都有一個合理的醫療支援。在這樣的前提下，其實很難要市民再做更多貢獻：既然不用付出都已經有基本的醫療服務，大家都會期待去進一步改善服務水平，但就不要強制我付款。」

市民不願再多加付出，高永文只好從**公私營雙軌**的方向去想，「我們的雙軌制真是全世界獨特的：其他地方的醫療市場，即使分為公私營，多是同一個資金來源去買服務（例如政府預先購買私家醫生的服務，變相市民看醫生時不用付費，或只付部分費用）。但香港的公私營醫療規則就完全不同，我們的公營系統由政府承擔，麻煩、大型、緊急的醫療需要，公營都可以幫你解決，但問題是相較沒有這樣緊急的東西就要等；私營市場就完全由市民付費，有買保險的、有錢的就可以選擇到私營市場，可以快一點看到醫生。這一個選擇的權利是香港獨有的。」

留下的藥，叫自願醫保

最後高醫生處方的藥，叫作**自願醫保**。他嘆息說，這個「願者上釣」的做法，已經是唯一出路，「我已經說得很清楚，只是自願，市民願意的話就多買一點，接受醫療服務時多一個選擇；不想買的話都可以使用公營服務。這個方案對買與不買的市民都有好處：多點人買了保險使用私人服務，輪候使用公營服務的人也可以少一點。」

「你會不會想政府再把你百分之二的薪金撥出去（醫療）？就只是這樣。最有學識、受最多教育的市民都不會願意。」

要讓失衡的雙軌制重回平衡，是高永文不斷重複的說話，甚至邊說邊擺出耍太極的手勢——平衡、中庸，「我不希望因為醫管局做得不好，而令市民只可以選擇私家。若是重返九十年代，公營醫院做得太好，沒人用私人醫療服務，都是不好的。」

「人人常把『醫療改革』掛在口邊，但每個地方的所謂醫療改革，你都要找到屬於自己的意義：世上沒有一條解方可以解決所有問題。這樣說可能不是很宏大，亦沒有英雄救世的那種感覺，但我認為這才是我們需要的東西。你為的是People's Welfare（市民的福祉）。」

小字典

醫務衞生署（Medical and Health Department）

為衞生署的前身，成立於1939年。成立初期，所有醫療服務包括醫院、門診和健康推廣等皆由其負責。後來幾經變革，分組為醫院事務署（也可說是醫管局的前身）和衞生署。

史葛報告書（Scott Report）

八十年代初期，港英政府眼見公營醫療系統面對日益嚴重的人口膨脹和老化、醫藥開支急升，及公營醫院環境惡劣等問題，委託澳洲顧問公司 W.D. Scott and Co Pty Ltd 於 1985 年撰寫的一份報告書。顧問建議政府下放權力到新的醫療管理機構，並脫離公務員體系，期望管理更有效率及提升服務質素。報告書提出多項目標，其中包括重整政府醫院（由政府管理）及補助醫院（由慈善機構管理）架構、人手及資源使用，造就日後成立醫院管理局。

資料來源： W.D. Scott and Co Pty Ltd. 1985. The delivery of medical services in hospitals.

醫療融資（Healthcare Financing）

醫療融資指醫療系統融資的方法。常見的醫療融資方法有五大類：1）用者自付：病人直接為其使用的醫療服務付費；2）政府補助：以政府收入，如稅收，資助公營醫療服務；3）私人保險：由私人保險公司承擔，市民自願購買或由僱主以員工福利提供；4）社會健康保險：市民按收入給政府特定的社會健康保險機構繳交保費，社會大部分人共同分享風險同時維持醫療系統的運作；5）個人醫療帳戶：市民將收入的一部分撥入特定的醫療帳戶，以恆常儲蓄支付醫療開支。現時大部分醫療體系都有超過一種融資方法，例如香港大部分住院服務主要由政府補助支持，而大部分門診服務為用者自付或私人保險付費。

資料來源：世界衞生組織。2019年。衞生系統籌資。
https://www.who.int/healthsystems/topics/financing/zh/

公私營雙軌

一種公私營醫療機構並存的醫療系統,為香港、加拿大、法國等地的體系。在香港,公營醫療意為市民提供一個高質素而可靠的安全網,同時亦是培訓醫護人員的搖籃;私營醫療則為有能力負擔的市民提供更多選擇。

自願醫保

自願醫療保險計劃的簡稱。醫療保險為世界上其中一種普遍的醫療融資方式,可分為私人保險和社會保險兩大類。歷史上,香港公營醫療系統一直極度依賴政府的稅務收入(例:市民住院開銷中超過95%為政府資助),但這種融資模式在現時並不可持續。過去二十年間,政府多次嘗試推動自願醫療保險,以支持瀕臨崩潰的醫療系統。但因為種種原因,到2019年才正式推出由私人市場主導,而政府亦以扣稅等方式鼓勵參與的自願醫保計劃。

資料來源:自願醫保計劃。2019年。計劃簡介。
https://www.vhis.gov.hk/tc/about_us/scheme.html

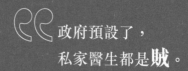政府預設了，
私家醫生都是**賊**。

—— 仁安醫院副醫務總監梁國齡

1.2 公營、私立，緣何失衡？

撰文：Kenneth Lui ｜ 受訪：梁國齡（仁安醫院副醫務總監）

留著羊鬍子的梁國齡，自言喜歡武俠小說，說話也像豪士，爽直、坦率。說到香港醫療系統的缺失，他的話像俠客的刀，不拖泥帶水，一針見血。帶點懷舊風的說話方式就如旁白，娓娓道出八十年代的香港醫療紀。

梁國齡是仁安醫院副醫務總監，曾擔任香港婦產科學院院長。八十年代初於港大醫學院畢業，及後取得婦產科院士資格，並開始在中大教學，幾年後自立門戶。早在三十年前，他便和鍾尚志醫生一起用豬隻，試驗微創切除膽囊手術，是香港**微創手術**的先驅之一。一頭花白的他，卻活躍於社交媒體，不時在Facebook上撰文，專頁有二萬多人讚好，算是私家醫生之中的 KOL。

醫管局拔劍 私院節節敗退

他初出茅廬的年代，富經驗的公立醫院醫生流失至私營市場是常態，「那時極少數醫生會留在公立醫院十多年以上，稍有能力的都很快離開。」他笑說，「如果一直留在公營系統，別人會質疑『是否不夠膽量自己往外闖？』，被認為『冇用』。」轉捩點是醫管局統一全港公立醫院，「在楊永強的帶領下，靠著鍾士元爵士爭取到的資源和二千個『殘兵』（醫管局醫生），戰勝四千個富可敵國的私家醫生，把香港醫療標準提升至新高」，那時候公立醫院上下將士用命，醫生們犧牲休息時間，把公立醫院從

「有命都不要去」的印象，改變成為專科門診接近零等候時間的高效體系，「醫院聯網之間會互相比較，等候時間保持在一星期以內的聯網，會取笑等候時間需兩星期的聯網。」

面對公營醫療水準提升，私家醫院面對前所未有的競爭。對手廉宜高質，私家醫院漸漸難以招架，開始萎縮，減少病床。若果醫管局改革是一條隧道，「私家醫生看不到隧道盡頭。」當時在私家醫院，有醫生向他訴苦，「為甚麼你們有錢還樓貸？」九七年後經濟不景，一些私家醫生為求出路，在千禧年前後甚至計劃北上「求生」，「剛在沙士（SARS）之前，我和一些拍檔去廣州視察。如果當年成事，我們應該死光了！」他哈哈大笑。最終沒有成行，他坦言是一朝天子一朝臣之故，「國內轉了領導人就要從頭開始談。」

沙士打破的，不止是北上的財路，還有公營醫療的神話。「SARS hits us exactly at our weakest link.」他回首往事，「我們習慣了一切盡在掌握，當隱形殺手不知從何而來，完全沒有人懂得應付。」「從此醫護人員知道自己的領袖並不是神，領袖和我們一樣都是人。」「都會出錯，面對未知都會束手無策。」醫管局神話，經此一役破碎虛空，領袖亦「墮入凡間」。光環不復再，前線醫護對醫管局高層失去信心和崇敬，便開始另覓出路。沙士後，他觀察到私家醫生開業的通告重新出現，「房欄一倒下便很難維持下去。」他模仿著別人的語氣，「明明我比他厲害，為甚麼我不走？」骨牌式的離職潮正式開始。

軍心散渙 仗如何打？

「醫生離開是因為不開心，各種不同原因的不開心，」談到醫生流失的問題，他認為沙士後，醫護不開心的原因是「為甚麼」。失去對領袖的信心

後，「他們開始會計較，為甚麼我要做這些事情？為甚麼？能延續下去嗎？」在他而言，由始至終都是士氣的問題，「當每個人都想『為甚麼是我？』，大家心態改變了，不想再做如此誇張的服務量。當一個系統內的前線士兵開始有這種質疑，帶兵的官就不用做了。」他形容醫管局的高層一直「打慣順境波」，如夢初醒，根本不知如何是好，導致問題一直累積。「軍心士氣是一個很淒涼的循環。」說罷嘆了一口大氣。

公營醫療雖然每況愈下，但價格低廉且收費劃一，大部分香港人還是不得不依賴。「我們（私家醫生）的收費真的很誇張，不是說同事們不值得這個收費，但是收費的結構會導致病人很難預算花費。」對於收費，他的批評很直接，「常常被詬病的一點是收費完全不能預估。一些收費高的醫生是否應該收取那麼高的費用，其實沒有人說得準。」

公私院醫生互相批評

不光是收費，他續說，「甚至醫生是否給予正確的治療都說不準。」不是有**臨床審計**嗎？「當然沒有啦。」病人亦很難知道自己得到的醫療水平，「香港人醫療知識很差，因為中學教得不好，學生會學習莫斯科的歷史地理，但老師不會教授人體運作，整個教育不知所謂。」更甚的是病人會討論和比較治療效果，「會比較不同的醫生，有時診斷不一樣，結果病人就全部都不相信。」間中有一些私家醫生處理不善的個案，「好事不出門，醜事傳千里，有些例子要回到公立醫院補救，引起公立醫院醫生批評。但前輩留下的教訓是兩批醫生互相批評，社會便會兩批都不相信。」「市民在私家醫療的花費很多，但是否有多些得著，病人是無從得知的，這個被詬病得很嚴重。」

梁國齡一直希望，在私人市場尋找確保醫療服務質素的方法，「如果日後我要告訴我的子孫我的診金是騙回來的，我做不到。」他的方法是廣招人馬，建立自己的團隊，親自教出合乎他要求的醫生，並統計團隊中不同人的臨床結果。如此能找出最佳方法，亦易於控制成本，同時又有良好的醫療效果，能穩定客源。

公營和私營醫療可以和平共存嗎？「當年醫管局盡收天下兵器，就是欠缺了放手的藝術。如果懂得把部分的工作放在私營市場，把它管理得好，今日的香港會不一樣。」早在九七年前，醫管局服務還在穩步上揚之際，他已看到危機，「我早就覺得醫管局不能如此持續下去，它『燒錢』的方法令它不能持續下去，更令私營市場都不能持續下去。燒到自己，也會燒到私營。把所有工作做了，公私營兩方面都會死。私營死會困著醫生，都沒出路。」九七年前後，私營市場慘淡，「私家醫生們很不開心。」政府卻彷彿任由私營市場自生自滅，「政府是知道有問題的。政府知道，醫管局也知道。」他形容政府的態度，令私家醫生「覺得政府想『玩晒』。」

私家醫生 罪在「不臣」？

醫管局成立即將三十年，亦經歷了由盛轉衰。但對待私人市場的態度，梁國齡認為是十年如一日，「政府太自大，醫管局有時也自大。」自大的人，總是要別人聽自己的，對管控不到的對象，乾脆放到一邊晾著，「就像公私營合作，都是他要怎樣就怎樣，為甚麼你不可以聽私家醫生說？他們總覺得，私家醫生說的都是錢。為何你要這樣Assume我？」「冇偈傾」的結果，是不歡而散，「私家醫生就不理你，不參加你的計劃。」

私家醫生不聽話，政府的處理方法，是邊緣化，「試過有一些治療後的跟進，政府寧願讓家計會負責，也不會找私家醫生合作。」他愈說愈有氣，「我們去罵那些政府的顧問，大家師兄弟，是不是要這樣做？」他說政府不取私家醫生，因為他們不會任由政府頤指氣使，「和私家合作，要商討。家計會簡單得多，『點佢』就可以。」

依梁國齡的想法，私家醫生的原罪，在於「不臣」，「整件事是不合理的。因為政府預設了，私家醫生都是賊。」政府慣以權力行事，但他堅持，要推動公私營合作，不能單靠權力，「權即是你的Office，勢就是別人會否聽你說，是否尊重你。」，「假若你沒有Office，還有人聽你說嗎？」

. . . .

📖 小字典

微創手術

微創手術是透過同時運用醫療影像科技、內視鏡和機械臂等技術的手術方式。相對傳統大切口手術，微創手術對病人的身體創傷較低，亦有機會縮短術後住院時間及減低併發症的機率。

臨床審計（Clinical Audit）

臨床審計是一種針對醫療機構的審計方案，大多由管理者委託第三方顧問公司進行。審計焦點包括對臨床結果（如手術成功率），機構設備及環境、病人滿意度等多方面進行審核並與既定標準比較，提出改善方案。

資料來源：Healthcare Quality Improvement Partnership. 2012.
Clinical Audit A Manual for Lay Members of the Clinical Audit Team.

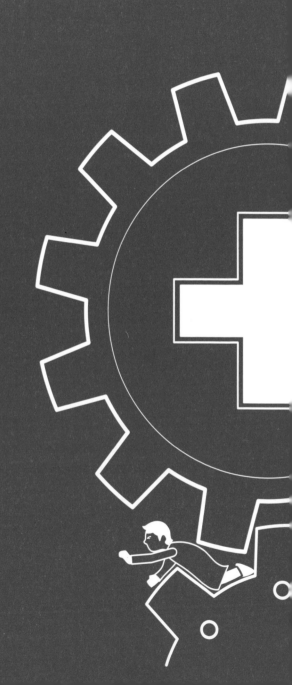

第 2 章

這是一個吃人的系統

醫療系統為甚麼「壞咗」，是一個很難答的問題。

難答，因為太多答案。姑且先說最明顯，也壞得最嚴重的——人手。香港醫生不足，已是不爭事實。儘管有人強調，香港並非不夠醫生，只是公私營失衡，醫管局太差太無良，所以醫生都跑到私家去了。

但數字最誠實。綜合整個醫生人手對市民比例，是每一千名市民，對大約1.9名醫生。看看其他地方，英國有3.7名、美國有3.3名、德國有5.8名，香港遠遠比其他先進國家低。醫生不足，完。

但光說醫生不足，還不足以形容人手問題。首先，醫療系統並不只有醫生，還有無數醫療專業。舉例說護士，理想比例是一名護士對四名至六名病人。香港呢？一對二十人。如果想做護士，或者要先叫媽媽在生育時，多生兩對手給你。

其次，先不論供應如何，所謂的人手問題，是公營系統「做死人」。在一個吃人的制度內，能生存已是了不起，還要救人？

他們救人，誰救他們？

有**決策權**的人
在做沒有輸出的事。

—— 公共醫療醫生協會發言人馬仲儀

2.1 標準也沒有，說甚麼人手

撰文：Nada Lau ｜ 受訪：馬仲儀（公共醫療醫生協會發言人）

撰文一刻，電視正播放醫委會否決四個方案的報道。一堆字眼馬上自腦海浮現：醫醫相衞、**海外醫生**、公院亂局、人手壓力⋯⋯拼湊出來的畫面，是醫院醫護投訴人手短缺，午飯都沒有時間吃，但政府又不會增設人手或修改制度；病人抱怨輪候時間太長，病床置於走廊有欠尊嚴⋯⋯照此下去，問題不會有終結的一天。

然而馬仲儀卻說，「香港需要的是醫療融資，和有願景的醫療規劃。」

人手差幾多？

「人只會愈來愈多」，增加人手總不能無了期地做，何況馬仲儀認為，前線欠缺的不單單是人手，更是病床、門診和醫院，但這也不能單靠醫管局。「很多人去醫管局看醫生，變相（醫管局）提供九成醫療服務，然而它成立的原意是做好旗下醫院。現時這麼多人依靠醫院，醫管局的一舉一動，都會影響整個醫療衞生福利系統。」馬仲儀續指，醫管局行政總裁的職責可以理解為處理聯網事務、促進成本效益，而不是制定並達成社區健康目標。例如**醫療系統的三層結構**、健康推廣，這都不是醫管局的工作，反而是衞生署要做的。

由急症室轉介到專科門診的個案，不乏長期病患。當病患只完成應急治療，沒有資源跟進**長期病管理**，只會不停進出醫院，「醫生都不敢把病人推回社區，政府又一直沒與GP（私家門診醫生）聯繫，害怕從此病人變成大海撈針，而現時香港的**家庭醫生**又不算普及。」GP不會長期跟進長期病患個案，一個會長期跟進病患、又提供全面檢查的醫療服務，除了「平靚正」的急症室，別無他選。結果，病人留在醫管局門診，「人只會愈來愈多，病歷只會愈來愈長」人手不足的不單單是醫生，要維持一間診所運作，還需要護士、病人助理……醫護不能無限加班，一個理想的圖像是，以失智症為例，病人可以由醫管局門診或醫院轉介到地區的醫療中心，與家庭醫生制定治療方案，半年左右才回到醫管局門診覆診。這樣可大大減低醫療系統的負擔。

戰後嬰兒潮的人口老化不只是醫管局需要面對的問題，而是牽涉整個福利制度、公共財政及資源分配。從數字上看本港醫療系統，其實合乎成本效益——人均壽命為已發展地區中最高，而政府醫療開支只佔本地生產總值的2%左右，相較一般已發展地區約5-10%要低。但長壽不代表健康，長者或患有多種慢性病，需多次進出醫院，而公院觀察到病情受控，就會安排出院。這些病人出院，可能就是回到安老院。安老院舍質素參差，也未必會有臨床人手當值，一旦出現突發事故，處理手法只有召救護車。

欠缺長遠規劃

說到這裡，已經不只是醫管局的問題了，而是社區照顧、安老政策等等。馬仲儀甚至認為，增加人手並不是一個全面的解決方案，人手也不是問題核心，只屬於短視措施。「至今都沒有計算人手差多少，大家都沒有推測。」

到底要多少人手才足夠？起碼應該有一個標準。在澳洲，每五個病人就需要一位護士，不達標的話要罰款。此外，為了控制傳染病不在病房爆發，理想的入住率大約八成左右，然而眾所皆知公院入住率一直高踞95％，有些還過百。一旦爆發傳染病，後果不堪設想。「醫管局好忌諱討論這些（議題），但其實要讓公眾知道人手有多不足，這樣才會有期望管理。」現實是，醫管局一直高呼缺人，卻沒有做好長遠規劃。「全世界都在倡議AI（人工智能）要縮減人手的時候，香港仍在抱怨人手不夠。」

—

女兒身，做醫生……

現時公院試行**家庭友善政策**，讓員工由全職轉為半職，為期一年，以抽身處理家庭事宜，例如成為照顧者或是有了身孕等。但荒謬的事就在於，「竟然要Department Head批准外，還要COS（Chief of Service，部門主管）批准才可以轉。但部門有部門的安排，也可以好自私的。」因為全職同事轉為半職後，多出來的作業會由其他同事承擔，但一旦發現，原來團隊有能力「食」多半位同事的工作，或會被質疑人手過剩。如此一來，部門主管在批核時有甚麼考慮，不言自明。

「以前醫生男人多，少人要『湊仔』。」現在反而女醫生較多，她們也須要面對自己的人生，假如懷孕，當值更是百上加斤。有些女醫生三十歲仍在接受專科訓練，捱不住而離開的大有人在。護士情況更嚴重，因為護士需要輪早、午及通宵更（俗稱A更、P更及N更），更難遷就時間照顧家人。身為媽媽的馬仲儀，也批評醫管局對媽媽「不友善」，「衛生署好鼓勵公司推行家庭友善政策，例如呼籲公司便利媽媽『泵奶』，偏偏連醫管局都做不到。」

管理層幫手？不了

醫管局大部分的撥款用在薪酬開支上。「首先有 Headquarter，之後有 Director Board，之後就 Cluster（聯網），還有 CCE（Cluster Chief Executive，聯網總監），HCE（Hospital Chief Executive，醫院總監），到 Department 有 COS。但這麼多層架構中，Cluster 有甚麼用呢？結果只增加了行政人手。」馬仲儀續指，聯網原意在協調同區醫院的資源，但她認為 HCE 之間仍然各自為政，聯網計劃傾向為自己的醫院獲取資源。

醫管局的開會文化也是臭名遠播，「有決策權的人在做一些沒有輸出的事」，前線對高層的怨氣已到臨界點，「大醫院的顧問醫生，怎識寫 Discharge Summary（出院總結）？怎識安排病人出院？病人家屬他都有幾年沒有接觸過啦！總部同事不懂得跟病人『講數』、不懂得安排行程、不懂得『搭路』！」要高層到前線紓緩人手負擔，幾近不可能，「不用叫他們來幫忙吧，他們只是講課而已。」不屑之情，溢於言表。

小字典

海外醫生
海外醫生指不在香港兩所醫學院受訓，在香港以外註冊執業的醫生，鄰近地區包括中國大陸、澳門和臺灣。

三層醫療架構
三層醫療架構指的是基層醫療（包括家庭醫生、社區醫療、預防醫療等）、專科醫療和醫院醫療（包括住院、手術、急症室等）。理想的醫療路程，應以基層醫療為第一接觸點，經把關轉介，需要的人才往第二、三層醫療系統求醫。以使用人數和覆蓋面描畫，三層醫療應成金字塔狀，意味愈往上推進，使用者數目愈少。

基層醫療（Primary Care）
基層醫療主要為市民在就近居住及工作的社區提供廣泛的服務，並以預防疾病，健康促進，疾病偵察（如大腸癌篩查）和長期治療和護理（尤其慢性病）等為重心。然而，香港現時的基層醫療架構主要依賴私人門診服務，公立門診次之，但大部分服務均為治療性。

資料來源：衛生署。2019年。基層醫療及家庭醫生的概念。
https://www.pco.gov.hk/tc_chi/careyou/concept.html

長期病管理
長期病患是維持長時間並隨時日惡化的疾病，常見例子有高血壓、心臟病、癌症、慢性呼吸道疾病、糖尿病和精神病等。通常長期病患者均同時患有多種長期病。除了藥物治療外，長期病管理相對注重病人的整體健康，包括日常生活習慣、社交和精神上的健康管理，甚至延伸至對長期病患者的照顧者的支援。

家庭醫生/家庭醫學

基於歷史和社會因素，香港市民大眾很容易把家庭醫學專科醫生和普通科醫生混淆，其實家庭醫學是現代西方醫學裡其中一門專科。在香港，普通科醫生需要經過四至六年專科訓練，學習為病人及其家人提供全面、以人為本、持續、預防性及協調的護理，並通過相關考核，方可註冊成為家庭醫學專科醫生。在基層醫療層面，家庭醫生扮演一個核心角色，應為病人求醫時的首個接觸的醫護專業，並需要按病人情況統籌專科醫生及專職醫療人員，以提供全面性治療和護理。

資料來源：香港家庭醫學學院。

家庭友善政策（Family-friendly Policy）

家庭友善政策指僱主為協助僱員平衡工作與家庭責任而制訂的政策。文中提到的例如容許僱員從全職轉為兼職，在工作環境為在職母親設置哺乳間等。其他家庭友善政策的例子包括：彈性上班時間、居家或遙距辦公、職位共享、子女託管服務和壓力或情緒輔導服務等。

資料來源：GovHK香港政府一站通。2017年。家庭友善僱傭措施。

醫管局**從來沒有**訂立護士和病人的人手比例。"

—— 香港專職醫療人員及護士協會幹事劉凱文

2.2 當護士一比二十，他要爆了

撰文：Kenneth Lui ｜ 受訪：劉凱文（香港專職醫療人員及護士協會幹事）

關心醫療新聞的人，對於劉凱文（Cyrus）應該不會陌生。公營護士中，願意公開發聲的，Cyrus是少數，「既然有官方渠道反映，何不嘗試多發聲？因為管理層不在前線做，一定會有斷層，需要前線把實際情況告訴他們。」

護士一向少發聲，依Cyrus的解釋，是「純粹」，「護士其實很簡單，我們做好負責的那一『更』，下班之後就做些有興趣的事補償，所以對改善系統並不熱衷，也免得好像和高層對著幹，或者被標籤為喜愛『搞事』。」站到最前線的他，並不介意被視為高層心中的「搞事者」，「醫院有一些地方經過我反映後有改善，我會感到欣慰，因為最終不只令前線同事工作更順暢，病人也受惠。」

充斥不公的制度

Cyrus入行七年，現時在長洲醫院急症室工作。長洲急症室使用率偏低，外人或以為是優差，Cyrus卻看到眾多不公平。舉例說，醫院缺乏實驗室配套，樣本需送到港島東聯網處理後才有結果，但周末和假期沒有「送血」服務，往往延長病人的住院時間。「對病人是否公平呢？」

制度對病人不公，對護士何嘗不是？在人手較少的醫院，護士要兼顧更多「非護理工作」，例如部分醫院藥房並非二十四小時運作，藥房關門後，要由急症室護士「執藥」。藥物配合不當會危及病人，卻不是護士訓練的重點。有護士難堪重壓，害怕稍一不慎，便會成為傳媒報道的主角，「外面報紙會稱之為醫療事故，這令急症室護士人心惶惶，每人都不願冒險，護士寧願把責任推給護士長……」如此工作環境，實在難言理想。

國際間的護士對病人標準，如一比四、一比六等，在香港完全失守，流感高峰期的晚上，甚至出現一比二十的情況。「醫管局從來沒有訂立護士和病人的手手比例，有多少病人被收症，病房就只能『硬吞』，其中一間爆滿了，就把病人送過去另一間沒有那麼滿的。通宵更更辛苦，常常是一個（護士）對二十多個（病人）。因為夜間只得兩個護士，復康病房和次緊急病房更只得一個護士，每兩間病房共用一個『Runner』，即是只有一個半人手。舊式病房採用長走廊設計，護士去到病房盡頭會兼顧不到另一邊……這樣的安排是置病人安全於危險。」他說來有氣。

同工不同酬 說甚麼士氣

醫管局過去為提升員工士氣，可說是怪招百出，由請食魚蛋到名人拍片打氣，沒有最荒謬，只有更荒謬，「要提升士氣，不如改善同工不同酬的狀況。」Cyrus憤憤不平，「2002年開始，隨著經濟不景氣，醫管局落實凍薪及減增薪點等安排為人手『瘦身』。但遺害便是斷層及人手不足。」舊制的員工享有基本薪金的16.5%現金津貼，但新制度下取而代之是一個定點津貼，「這個津貼從來沒有增加或檢討過，隨著薪級點的基本薪金每年隨通脹提升，定點津貼金額佔的比例便愈來愈少，繼續強化同工不同酬，對新加入的同事愈來愈不公平。」

Cryus自詡為代表作的是兩年前特首選舉，他向當時的候選人林鄭月娥爭取取消不公安排。後來護士及其他曾被凍薪的醫管局員工，都獲加回一個薪點，也證實了他不是「得把口」，不只是一名憤青。

由制度入手 留住人才

另一個問題是五天工作制。Work-Life Balance對很多老一輩來說，或者只是「廢青」的小確幸，Cyrus卻直指，這是留住護士人手的關鍵。他解釋，五天工作制在2007年已經開始討論，但直至現在只有九龍東聯網可以做到。「誰都說增聘人手，工作環境這麼惡劣，新聘請的人都留不久。」「工作環境很難改善，但有甚麼『甜頭』令護士服氣，其他**專職醫療**或者其他職系都服氣一點？」要減低護士流失率，他說短期可以做的，是改善薪酬、Fixed Point Allowance和改成五天工作制。「應該要落實五天工作制，為員工營造一個User Friendly、Work-Life Balance 的願景。」他認為醫管局應該根據此計劃框架，計算要聘請多少人手，以此作為招聘人手的目標，才能顯示改善工作環境的決心。

追究過去的禍根以外，Cyrus對未來依然有一番想像，「希望基層醫療做好把關，減少入院率，整體市民健康點，自然少入院」，「現時香港不論病人身體狀況如何，都會先叫他們去急症室。」他繼續解釋，「基層醫療如果做得好，前線就不會那麼辛苦。現在入院的人很多本來都不用入院，例如血壓高，是高得有症狀才入院。因為沒有人理會這些人，地區人士沒留意有這個問題要處理。」

面對崩壞不公的醫療制度，Cyrus這個「搞事者」的形象大概會愈來愈強烈，「就算無人同行，但我們覺得值得發聲，都會繼續做。」他淡然地說，「如果是為整個行業爭取，都值得繼續做。」

當護士一比二十，他要爆了

📖 小字典

專職醫療 （Allied Health Professionals）

專職醫療指醫生、護士、助產士以外的醫療專業，包括聽力學家、臨床心理學家、營養師、職業治療師、視光師、視覺矯正師、物理治療師、足病診療師、義肢矯形師、言語治療師、藥劑師、配藥員、放射技師、醫療化驗師及醫務社工。他們為接受住院、門診、日間及社區護理服務的病人提供復康及延續護理，協助病人重新融入社會。隨著綜合護理（Integrated Care）變得愈來愈重要，專職醫療人員在治療病人及其復康過程中扮演著日趨重要的角色。

資料來源：香港特別行政區政府勞工處。2017年。高等學歷就業資訊平台。
https://www.hee.gov.hk/heeip/tc/alliedhealth

是不是

真的要捱成這樣子？

把家庭、個人聲譽

都賭上去？

—— 仁安醫院急症科顧問醫生何健基

2.3 醫生不是超人

撰文：Kris Lau ｜ 受訪：何健基（仁安醫院急症科顧問醫生）

何健基愛讀書，家中的書架佔了一整面牆，橫直堆疊，放滿小說、文學、工具書……中外包羅。和他傾談，說到關節眼，他會突然沉默，然後去翻書，「好像這個教授也有提過……」一副無框眼鏡，一頭整齊的六四分，他的知識分子形象，堪稱古典。讀書之外，他也寫。幾年前反疫苗風氣盛行，他與反方在報上筆戰，自此開了另一扇門，往後筆耕不輟。像是醫護壓力和醫療事故的解構，他都寫過。

他說，讀和寫這兩大興趣，都是在2008年後重拾的，「轉職私家醫院後，多了時間和空間。在公立醫院工作，平衡生活太難，做到的都是超人。」

二十一年前，何健基剛入行。其時急症專科剛萌芽，他便在瑪嘉烈醫院急症室進修專業資格。急症室每天都是電光火石的生死，連講句話都比人悠然的他，說急性子反而不適合待在急症室，「病人的情況可以很複雜，不同的症狀間也有關係，你太急，太想解決問題，掛一漏萬，反而易出錯。」

忙碌的危險比想像中大

他認為不只是急症室，整個醫療系統都不應盲目追求效率，「醫療技術愈見發達，很多以前做不到的事情都做到，但也衍生更多複雜的狀況。要

醫生急促地做決定，會增加出錯的機會。」與公營醫療系統理念不合，顯而易見。在瑪嘉烈待了十個年頭之後，他便轉投私家醫院。

問到他離開的主因，何健基想了一會，只輕描淡寫地回答，「都是太忙吧。」他再慢慢解釋下去，「忙碌到一個程度時，其實背負很大風險。你細心分析這些風險，就會明白，這不是你願意去捱，就能挺過。」

「舉例說，醫護人手不足，即使醫生自己不在狀態，甚至病了，很多時也不敢告假，怕影響到其他同事。但你生病時，是否能做到正確判斷？或者太勞累，也可能會出錯。然後一旦出了事故，責任也是醫生承擔。」他提到，美國的醫生便經常捲入官非，「好像早前有一位兒科醫生，因為同事告假，頂下別人的工作，過分勞累下出了事故，便遭控告。」

2011年，一名病人在九龍醫院因為永久造口被紗布封住致死，後來涉事醫生被裁定沒有指引護士，遭停牌六個月。裁決後醫生業界大聲疾呼，說根本無暇兼顧每一個病人的細緻護理。據何健基的分析，醫療事故雖有人為因素，但源頭還是系統，「醫療是Team Work，其實不是醫生一己的個人意志能夠改變。」

從醫風險難以背負

現時在私家醫院負責風險管理，何健基習慣了每事也分析風險。他一臉認真地說，醫生這個職業，根本做不過，「你要長期保持狀態，同時接受長工時、輪更，同時要考試、學習新的知識，同時失去興趣、家庭關係、自己的健康……」如果把這些都一一計算，「其實是Unbearable。」

他自言看過太多人捱到「出事」,「患抑鬱症的大有人在。有些人離婚,有些人沒時間陪孩子,孩子認不出父母。或者到真的出了事故,被人辭退,到想離開時才發現,自己的聲譽已經被毀了。」他的語氣有點不忍,「是不是真的要捱成這樣子?把家庭、個人聲譽都賭上去?」

女兒今年十五歲,從廳中隨處可見的畫作,可以看出父女關係不錯,「我們會一起看書。現在年輕人會用Snapchat、IG……這些都要學習,才能和他們對等交流。」年輕人常掛口邊的Work-Life Balance,何健基也大有同感,「假如你明天要陪小孩面試,但同時又要處理醫院的事;你不想離婚,但醫院又有報告要跟進;你不想沒有社交生活,但有同事留下『手尾』要你幫忙……人生不應該是這樣。」

從不認輸到決堤

公立醫院近年離職潮頻現,2018年便有至少十多名心臟科醫生離巢,新界東聯網同年也有十六名外科醫生離職。何健基說專業往往有「不服輸」的心態,但一旦有缺口,便會如決堤一般,「可能大家考試成績較好,覺得不可以讓人認為,我們這個專業捱不住。然後看看旁邊的人,別人都撐得住,我也沒問題。但事實只是大家都在苦撐,到有人走出來說,其實我不行了,便一起倒下。」

他坦承,私院也不是烏托邦,「私院一樣要追逐營利,去展開新的服務,開源節流,也一樣愈來愈忙。美國大部分醫院都是私院,同樣會有事故,醫護一樣會 Burn Out(崩耗)。」只是比起公營,他覺得私營的空間仍然較大,「公院講 Cost Effective(成本效益),管理層要衡量,就要看數字。

但數字是不是如實反映狀況，他們又懂不懂如何理解這些數字？當他們不懂，就會認為現時醫院情況尚可，不明白醫護和病人的怨氣來自哪兒。」

「以急症室為例，他們的看法，急症室是一個把關的角色，即是盡量避免病人入院，因為入院的醫療成本太高。故此，一位出色的急症室醫生，就是看最多病人，同時減少病人入院，這就是『有效率』。」如此說來，其實管理層一直不明白，或者是放棄了急症室的正確定位，「令急症室更高效也沒意思，當基層醫療做得不好，急症室自然更大壓力。你不能期望所有社會問題都在急症室解決，這樣根本不能持續下去。」

「我會形容醫療是打仗。前線醫護像士兵，對抗疾病。有時會勝利，有時會戰敗，有些醫護會犧牲。這是大家都清楚的，醫護也清楚。但坐在冷氣房的將軍們，下決定前是否明白前線的風險？然後，我們真的要賭上所有，為他們去拚命？」

 小字典

崩耗（Burn Out）
崩耗或職業倦怠是一種由長期過度的身心壓力及挫折導致的情緒、精神和身體的疲勞狀態，隨之而來的是因而產生的怠慢、對工作感到冷漠、失去動力、降低工作效率。

當他們漸漸了解到我們的
做事能力、專業知識，
得到他們的認可後，
就會對我們一**視同仁**。

—— 海外回流醫生Celine（化名）

2.4 回流香港的荊棘旅途

撰文：陳綽姿 ｜ 受訪：Celine（化名）（海外回流醫生）

1997年，立法局通過《1997年醫生註冊（過渡條文）條例草案》，自2002年起，所有海外醫生均須先通過香港醫務委員會（醫委會）的執業資格試（執業試），並完成為期十二個月的駐院實習培訓，方可在香港註冊成為醫生。由此，近年負笈外地，修畢醫科的Celine（化名）和其他同儕一樣成為了考試大軍的一員。如果形容高考後獲大學取錄的同學「過咗海就係神仙」，那對Celine而言，踏入醫科大學門口才是荊棘旅途的真正開始。

「我讀的醫科課程有四、五名香港人，大家都抱持同一目標，希望回流香港執業。當時我們對執業試難度之高，合格率之低已有所聞，所以大多數入學第一年就開始溫習執業試範圍。」她笑言，「我懶少少，到了第四年才著手準備，已算比較遲。」

Celine接受的醫科教育模式與香港截然不同，需加倍時間重新學習。「我們首三年先學習所有基本醫學知識，到了第四、五年才主力臨床訓練。但香港醫科生是根據系統逐一學習，所以第一年除了學習基本知識外，還會接受臨床訓練。你可想像，一個模式是由外圈到內圈，另一個則像切餅般學完一格的東西才到下一格。」她坦承，「甚至兩者的思路、檢查、手法都完全不一樣，如果純粹用學校那套去考，一定不合格，根本不是同一回事。」

執業試三部曲

執業試設有三部分，考生在第一及第二部分被判定為合格，方可報考第三部分。第一部分「專業知識考試」有五十條多項選擇題，設有倒扣分制度，須取得五成分數才合格。Celine曾發現中文試卷有翻譯錯誤，「試卷寫明以英文為準，如果以中文應考的考生只留意中文卷，那就會感到困惑，甚或導致不合格。」第二部分「醫學英語技能水平測驗」則測試考生的英語水平，「這部分相對簡單，基本上看如何運用英文應付醫學工作，例如見Case、寫轉介信。」應考時，她的課程以英文教學，故可獲豁免。醫委會後來修訂，2011年後入學的所有考生，不分教學語言，都須應考此部分。

至於第三部分「臨床考試」，考生需在一至兩星期內完成內科、外科、兒科和婦產科考試。她的心得是熟練香港的臨床處理技巧，「其實很視乎運氣、考官，以及題目是否你擅長熟悉的。考官通常是港大和中大的教授，所以你的手法絕對要符合他們傳授給香港醫科生的那一套。如果所有問題你都能回答，基本上就合格。」

眾人奮鬥成就一人

畢業後，Celine為了專心應付執業試，由全職學生變成全職考生。她形容，那段日子朝九晚五做見習醫生，放工就回家溫習。「你需要閱讀很多資料，每個題目最少要看十份文獻，至於書，」她一邊講一邊比劃著如字典的厚度，「接近二十本吧。每本書講述的內容都會有點不同，那你就要找出當中的重點。我遇到不懂的問題就會翻看，記得當時把每本書都翻看了至少三次。」

在浩瀚的學海裡，一個人的奮鬥並不足夠。Celine在Facebook、考場等不同渠道認識了一班來自五湖四海的戰友，組成了讀書組，每星期會面一次，討論試題做練習，為著同一目標奮鬥。「有人懂多點知識，有人熟多點手法，可互補不足。因為我們分別在不同國家接受醫學訓練，有內地、英國、澳洲等，所以在討論過程中，往往會出現不同的想法和答案。這可以刺激我反思，咦，為甚麼他會這樣想？會不會我所想的未必是考官想要的？」

她分享，醫學知識可以靠書本和試題練習鞏固，而臨床技巧則在香港公立醫院擔任見習醫生時鍛鍊。「我向不同醫院申請做見習醫生，跟香港醫科生一起上課，重新學習香港的臨床手法。」她認為見習醫生培訓是雙贏，一來，海外醫生能熟悉香港醫療系統運作，了解本地醫生的臨床做法，有助他們應考執業試；二來，可趁這機會訓練海外醫生，達到本地水平。

執業試是重要門檻

執業試有五次大限，即連續五次應考其中一部分都不合格，便會被禁止參加執業試。Celine嘆氣，「第四次是關口，心理壓力極大。有些朋友考到第四、五次會等好多年做準備，超過十年都有。」若第五次都不合格，那就註定不能成為香港正式註冊醫生（Full Registration）。她眼見不少未能通過執業試的海外醫生為求留在香港，放棄行醫，轉行做保險、銷售員，苦讀多年的努力都化為泡影，為他們深感惋惜。「他們是香港人，父母和伴侶都住在香港，他們自然也希望留在這裡生活，照顧家人。」這亦是大部分海外醫生回流返港的主因。「當時有限度註冊（Limited Registration）只簽約一年，毫無吸引力，很多人做完一年就走。」

最後，Celine僅花了兩年時間，就收到醫委會寄出的合格通知書。她擺擺手謙虛地說，「我比較幸運而已，身邊有更多值得訴說的奮鬥故事。」回首，縱然考試過程艱辛，但她並不後悔當初的選擇。「我從小已立志做醫生，覺得醫學知識實用又能幫助人。」跨過執業試門檻，當上實習醫生，然後輾轉在不同專科工作，實現了小時候的志願。她一臉笑意，「雖然辛苦，但學會的知識值得那些年的付出，好開心幫到人。」

如何改革海外醫生註冊制度，吸引人才，是香港醫療制度的一個難題。儘管歷經考試之苦，她強調，執業試應是海外醫生註冊的重要門檻，「大家接受的訓練和手法都不同，始終要有一個客觀指標，確保他們來到香港，解決問題的方法和知識都能達到本地標準。否則，放寬考試令質素參差不齊的海外醫生來到香港執業。」不過，作為過來人，她認為考核內容有待改善，「執業試和本地醫科生的考試內容不同，有些涉及專科問題，涵蓋範圍廣而深。從學校學到的題目並不多，許多都要靠自己在外參考。因為在外地讀書的我們沒有香港醫科般統一的教學大綱，所以我們需要看所有書的綜合內容。」

保護主義中的保護主義

醫學界常被批評存在保護主義，但身處圈內的Celine並不覺得自己是被保護的一分子。她不諱言，「所謂的保護主義，其實只是保護香港大學和香港中文大學畢業的醫生，機會都先給『自己友』。」她解釋，「例如，香港畢業的實習醫生於實習前有六星期準備，慢慢摸索如何做好實習Case，但我們只獲安排兩星期。這種差別對待使我們練習的機會少了，久而久之，

海外實習醫生的臨床技巧比本地實習醫生沒那麼純熟，令許多海外醫生感到不公平。」尤其在外地生活長大，不諳廣東話的醫生被排斥的情況更見明顯。「在醫院工作，廣東話好重要。如果他聽不懂廣東話，未必能和病人溝通，不能交託事情給他跟進，結果其他人的工作量就加重了，自然有怨氣有意見。」

幸而，這種保護主義色彩隨時間而消淡了些，「我遇過不少無私的醫生，若我有地方不足或不懂，他們都樂於教導，用心栽培。當他們漸漸了解到我們的做事能力、專業知識，得到他們的認可後，就會對我們一視同仁。」她覺得，無論內地、台灣、美國、英國、澳洲還是其他地方，只要通過執業試就代表有能力，水平就相當於本地醫生，沒有不一樣。

最不健康的人是醫生

說到底，要增加人手，該從根本問題入手，改善醫生的待遇、工作環境、制度，否則，再如何放寬註冊制度也無所用，吸納了的人才始終都會流失。Celine無奈地指出，醫生須On Call（當值）三十六小時，每三日一次，最瘋狂時一個星期要工作大約一百小時。「其實，最不健康的人就是醫生。不夠精神診症會更容易看漏問題，反而做不到病人護理。」這種非人性化的生活節奏卻被視為一個規範，她曾要求改善長工時問題，「但當我們提出這個意見時，上層就會表示，『以前我們都是這樣工作，不過是你們變了裙腳仔捱不到』。」如此的工時模式教人苦不堪言，難免令人產生離開的念頭。

問及會否考慮轉往私人市場，她想了想，語帶肯定地說，「相信每個人都曾經有這個想法，但我不希望走到這一步。我做醫生是想幫助比較弱勢的一群，醫治危重的病患，而這裡才能給予我這種滿足感。」

....

📘 **小字典**

海外醫生註冊制度改革

海外醫生要在本港執業有兩個途徑：1）通過執業試並完成實習，便可取得資格，可自由在公私營醫療體系工作；2）透過有限度註冊方式：不須要通過執業試，但只能到指定機構（如公立醫院、衞生署或本地兩間大學醫學院）工作，每次工作申請為期三年（在2018年修訂），到期可續約，由醫委會審批。

面對公立醫院醫生人手短缺，政府希望放寬海外專科醫生註冊所需的實習期，吸引他們來港執業。醫務委員會於2018年底成立專責小組，經多次討論後，在2019年5月以一票之差通過被視為政府屬意的方案：規定海外醫生在醫管局、衞生署、香港大學或香港中文大學醫學院這幾個指定機構工作滿三年並通過執業資格試，便可豁免實習，直接取得正式醫生牌照。

「有時候我們見到
外地醫生處方的藥物，
或是治療方法較**奇怪**，
不知道是否應該跟隨。
這些情況就會
令我們尷尬，
也**無所適從**。」

—— 公立醫院內科病房護士長恩玲（化名）

2.5 與海外醫生合作

撰文：Tiffany Chan ｜ 受訪：Cindy（化名）（公立醫院藥劑師）、
Lucy（化名）（公立醫院深切治療部註冊護士）、
恩玲（化名）（公立醫院內科病房護士長）

引入海外醫生，是否就能解決醫生不足的問題？海外醫生來到香港，又會不會「水土不服」？透過長期與海外醫生合作的前線醫護，或者我們可以了解多一點。

藥劑師Cindy（化名）雖然常駐藥房，少有到病房接觸醫生，但配藥及審核處方的過程，幾乎每天都會跟不同醫生有電話聯絡。「有一個病房將有一名外籍醫生加入，護士同事會擔心自己的英語能力能否與外籍醫生溝通，以及要幫醫生向病人及家屬做翻譯，擔心會加重工作量。」

語言的重要性

她曾經接到一位英語較弱的病房護士的求救，「『醫生不懂更改藥方及列印，他說英文的，我（與他）溝通有困難，又看不懂電腦開藥版面，交給你了』，結果我花了二十分鐘，遙距幫助醫生完成工作。」原來，那位來自澳洲的醫生以前在澳洲常用的電腦系統與香港的並不同，但他們在公立醫院正式上班前，又沒有得到足夠的訓練。

說到溝通，註冊護士Lucy（化名）在深切治療部曾和巴基斯坦、斯里蘭卡、印度及內地來的醫生合作過，她認為使用英語溝通不成問題，甚至有些醫生已開始學習廣東話，反而普通話就不是每個同事也能聽懂，「有時候內地醫生會為遷就我們而使用英語，但其實我們也不太能聽懂他的普通話式英語。」Cindy也笑言，「內地來的醫生，英文名字會用上國語拼音，曾有新同事在電話中讀錯醫生的名字，怎也找不到該醫生。」

語言，無疑是執行醫護工作的一個重要工具。溝通是雙向的，如任何一方的語言能力有差異，難以有效交流，就成獨白。正正如此，深切治療部不涉及門診工作，而且與病人接觸較少，不用說廣東話，所以受到不少海外醫生歡迎。

迥異的治療手法

而最大的矛盾，在於工作方式及治療方針。雖然海外醫生必須經過本地實習及有一定工作經驗，但不同地方來的醫生，確有不同的處事方式。

回顧在病房工作的三十年間，內科病房護士長恩玲（化名）曾接觸過從加拿大回流的港人醫生、緬甸來港的醫生，亦有於腦外科工作的內地醫生。她覺得海外醫生始終在文化及做法上有不同，在用藥及決定治療方向時亦有差異，在正式成為主診醫生前，應先有足夠的時間適應及習慣，讓大家合作暢順，「有時候我們見到外地醫生處方的藥物，或是治療方法較奇怪，不知道是否應該跟隨。這些情況就會令我們尷尬，也無所適從。」

她也談及各地回流醫生的工作態度之別，對內地來港的醫生略有微言。「不知是否語言溝通、文化差異，或是過往訓練模式不同，內地醫生整體

與海外醫生合作

給人的印象是比較『Hea』一點。我們跟他們報告病人情況，他們有時的回應是『不要緊，先觀察一下，待主診醫生巡房再決定』。」她感覺內地來港的醫生缺乏積極性，反而其他海外回流醫生的工作態度較認真。「也可能內地醫生覺得不被接納，難以融入香港文化，因而士氣低落。」

在公立醫院戰地般的工作環境，若海外醫生未能熟習本地的做法及速度，恐怕他也會難堪重壓。「以前亦曾有一位從北京來的醫生，他原本在內地做麻醉科，但在我們病房做了很短時間就離開了，可能沒有預期公立醫院病房的工作量和速度。」她亦曾聽聞，有英國回流的醫生，因香港醫院工作太繁重，決定返回英國執業。

雖然海外醫生的加入有助紓緩現時醫生不足的問題，尤其於工作量龐大的內科病房更為有效，「但應維持應有的質素及標準，否則便幫倒忙。」Lucy反映。

與海外醫生合作

第 3 章

他們在努力，
但高層看不到

前文所言，醫療系統不止醫生護士。只看政府認可的醫療專業，就有十四個。他們或者不為市民大眾熟悉，有些人總是躲起來工作，但他們也是醫療系統的一分子。

奈何，他們就像一群落第秀才，在醫療系統內漂蕩，懷才不遇，有志難伸。全因現時的制度過分依賴醫生，事無大小都要找醫生。這對醫生是重擔，對其他專業是浪費。最後醫療效果未如理想，還是苦了市民。

一個人懷才不遇，可能是人的問題。

一班人懷才不遇，肯定是制度問題。

有些人想做多些，
我們不應該**放棄**他們。

—— 香港護理專科學院院長黃金月

3.1 護士為甚麼不能開藥

撰文：Kris Lau ｜ 受訪：黃金月（香港護理專科學院院長）

在Google搜尋「黃金月」，會找到無數的交流團留影，由歐美各國到中國大陸也有，「中國現在也有護士上門的服務了，香港卻還未有。」黃金月邊說邊滑手機，向記者展示其他各國的護士制度。對她來說，讓護士發揮潛能，是修補醫療系統的其中一途。

黃金月是理工大學護理學院教授，也是香港護理專科學院（護專）的院長。她一直希望，在香港建立一套法例認可的專科護士訓練模式。「舉個例子，兒科護士處理小孩子的問題，其實也是同時處理家庭問題。因為小孩子病了，會用盡父母精力，整個家也會崩塌，」醫生主力診症治療，護士提供的是護理，「是一些關於『人』的工作。」「有一位護士，覺得自己可以再做多些，就做了一些Apps（應用程式），讓父母可以隨時看到一些資訊，幫他們照顧孩子。」

專科護士分擔醫生工作

她認為護士的潛能其實遠遠未用盡，不同的專科也可以有其發揮，就像是專科醫生一樣，讓護士專注在各自範疇，長遠能紓緩醫生壓力——這也是護專的由來——就像培訓專科醫生的醫專一樣，為護士提供訓練和考核，「醫專有法例支持，但我們還在爭取。」黃金月笑說，「就連現在的會址，也是向瑪嘉烈醫院護士學院借來的。」

現時通過護專的考核，會被授予院士資格，但這個資格沒有法理支持，不像醫生可以宣稱自己是某某專科醫生，對於仕途的幫助也不能肯定。儘管如此，還是有一批又一批的院士畢業，大概也反映了護士的上進心。「的確，業內有些護士只想做好自己本分，對爭取專業化不感興趣，」黃金月坦言，在人手緊絀，工作壓力巨大的環境下，這些想法不難理解，「但有些人想做多些，我們不應該放棄他們。」

香港人太習慣「睇醫生」

護士在外國，特別是在基層醫療的角色舉足輕重，例如英國的執業護師（Nurse Practitioner），甚至能處方藥物。黃金月說這些其實並非新事，只是香港人「睇醫生」的想法太根深蒂固，「外國人病了，例如感冒，其實不會立即看醫生。他們會先做一些Symptom Management（症狀管理），不行的話會去護士診所，再有需要才看醫生。」

但在香港，診斷和治療基本上都是醫生的專利，「說一個敏感的話題，醫藥分家。」她擺一擺手，「或者你答我，你會不會買頭痛藥？會吧，那你自己也在自行處方。」

執業護師、**醫藥分家**，這些在香港可行嗎？「還很遙遠。」她說罷有點不忿，補上一句，「但這在國際間早已有慣例。根本不是Why，而是Why Not？」

小字典

醫藥分家

醫藥分家政策是透過法例規管醫生只有權處方藥物，不能賣藥，在診所內只可以定量貯存一些急救藥品；而配藥賣藥的工作則由註冊的藥劑師負責，但藥劑師不能處方。由兩個專業各自發揮所長、互相監察，避免利益衝突（醫生不可以賣藥，所以因利益而給病人濫開藥物的機會會下降），同時為病人提供多一重保障（防止配錯藥、開錯藥的情況）。

現時大部分發達國家已經實行醫藥分家，惟香港多年來對醫藥分家方案爭辯不斷，遲遲未能達至共識。然而現時在法例上雖未規定醫藥分家，但醫院管理局和大部分私家醫院已實行這個方案，反而負責超過七成門診服務的私人診所依然可以無限量貯存任何藥物以作醫療用途，由診所護士（而非藥劑師）負責配藥，並以賣藥為一大收入來源。

資料來源：British Medical Association. 2019.
Guidance for GPs, dispensing doctors and community pharmacists.

長者見到我的時間，
比見他的子女或兒孫更多，
更會問我當他
入院或要**離開**的時候
會不會去探望他。

—— 註冊護士潘倩敏

3.2 破曉晨光下的天使

撰文：Kenneth Lui ｜ 受訪：潘倩敏（註冊護士）

「潘小姐是天使來的！」剛做完血壓檢查，正在保健站旁邊閒坐的七十多歲婆婆如是說。她大讚潘倩敏（Ivaline）的「拮手指」驗血糖技術很好，不會弄痛長者。婆婆還心痛她，「女孩子，應該留多點時間睡覺休息嘛。」當時是早上六時多，天色才微微發白。

為拾荒長者痛心

2017年起，元朗朗屏西鐵站附近的天光墟，每周都會有兩個早上，一、兩名青年人，帶著一塊寫著「傷口、痛症處理、量血壓、血糖」的牌子和一堆物品，築起「元居民保健站」。發起人之一的Ivaline，在公立醫院擔任了十年前線護士，過去數年則在私家醫院從事護士教學工作。要上課教學的日子，她收拾物資後，還要趕著八時左右回到醫院。街坊形容，Ivaline經常要「跑去上班」。

回想當初發起保健站的念頭，Ivaline自言是希望運用自己的護理專業，去建立社區連結。保健站的出現，源於街上拾荒的婆婆及伯伯，「他們因為拾荒工作引致勞損，或是在馬路被車撞傷而留下傷勢，可是住院治療及出院後，往往因為忙於收集紙皮變賣，無暇按醫院指示到門診跟進及護理傷口，結果情況惡化。」Ivaline在街上見過一個拾荒婆婆，只用一塊「T恤」剪下來的布料和不知從哪裡撿回來的保鮮紙包著自己的傷口，「通常遇到他們時，都未必隨身帶備護理工具」，這些遭遇她一直記在心中。

她心目中保健站的首要任務，是為缺乏資源的長者護理傷口，另外透過提供及教授一些拉筋動作，為他們紓緩痛症。為了能夠定時在同一地方出現，好讓有需要的公公婆婆可以找到她，唯有選在上班前的早上開站，以免因下班不定時而影響服務。天光墟既有光線，亦有人流，結果保健站就在這裡開始運作了。

五花八門的街坊

令她始料未及的是，最多使用保健站的，原來不是她心中所想的拾荒長者。她說，會來求助的人五花八門。既有天光墟的檔主，也有不少朗屏邨居民，「當中有些人是在上班前或下班後前來，例如上完夜班的保安員。」還有外籍家傭或南亞裔的本港居民，更曾經有尋求庇護的難民前來。

她舉例說，有一部分街坊是有高血壓等三高的長期病患。雖然在門診或者醫院覆診時，都曾經被醫護人員「講兩句」，提示他們如何服藥，但他們記不住，一離開醫院就忘記了。也有另一種情況，是病人已經按指示服藥或者改善生活習慣，可是血壓和血糖的指數依然失控。Ivaline會特地幫這批病人整理讀數紀錄，好讓他們在覆診時交予醫生參考，避免醫生冒險地單憑覆診當下的數據下決定。她希望這些補充資料，能幫助醫生做出更好的診治決定。

與病人建立關係

Ivaline直言，「我覺得保健站提供動力的部分比較大，甚至比其他事情都更重要。」她續說，「保健站的角色除了監察進度，也重視提醒他們生活模式的改變，例如根據當日檢查的讀數給予正面鼓勵，加多點動力讓他們**改變生活習慣**。」

建立關係需要長期的「投資」，她舉了一個「頑石點頭」的例子：一個煙不離手的男人，一天忽然拿著煙，一副毫不在意的樣子，請Ivaline幫他量度血壓。為了籠絡他，Ivaline放任他邊抽煙邊量血壓，果然，驗出來的血壓極高。幾次之後，他慢慢開始減少抽煙的頻率。「起碼在保健站時他會停下來不抽煙。」

「減咗喎，好呀喎！」當量度結果一出來，長者都會和上一次的數字比較。面對這批開始注意自己讀數的街坊，如果他們讀數變好了，Ivaline便會鼓勵他們：「加強他們的信心，令他們明白飲食變得清淡是真的有效。」說起飲食，她還有一個更長遠的目標，「其實不容易掌握飲食要多清淡才足夠，現在因為時間關係，只能夠採取不停提醒的方法。我希望將來可以親自上門吃一頓他們煮的飯，才知道如何讓他們減少調味料。」這樣會不會很花時間？「有些事情是要親身和他們經歷才會明白的。」

早起很累，但她很快樂

不只保健站給了街坊保持健康的動力，街坊亦給了Ivaline動力，堅持運作保健站。每周早起兩天，對生活忙碌的香港人來說真不容易，「有時候也會想賴床一下。」Ivaline坦言，「但捱過了，到保健站關門的一刻，我是開心地離去的。那一個小時對我來說，是充電的過程。」Ivaline分享街坊為她做的窩心小事，「例如送水果、食物、利是（會婉拒），他們也會逗我開心。」她笑說，「和街坊的關係就是互相關心和互相分享，受惠也是雙向的。」

「有時候（關站前）他們知道我要去上班，會幫忙維持秩序叫剛來的人不要繼續排隊……他們又會成為其他人的榜樣，幫忙教育新來的街坊。」元居民保健站連結了社區，形成網絡讓大家互相認識：「街坊在社區有參與，是互相有成長有得益的，我也從中認識了好伙伴，有一群好街坊。」

Ivaline心中有一個「保健站2.0」的想法，希望加強社區網絡的元素：「由關心自己的健康開始，變成關心別人的健康，再分享自己的資源，例如：時間、互相探訪，或資源較多的人可以有途徑幫助別人。希望做到當有街坊生病，無能力買餸，其他街坊可以幫忙去買，甚至幫手煮食，幫病人度過生病的日子。」

在她心目中，這些都是推動健康的一部分：「心理或精神上的健康對獨居長者來說特別重要。」她舉例說，「有一個長者告訴我，他見到我的時間比見他的子女或兒孫更多，更會問我當他入院或要離開（人世）的時候會不會去探望他。」

📖 小字典

三高
三高指高血糖、高血壓和高膽固醇，亦即上述三個心血管疾病風險的生物標記均超出臨床指引的上限，表示該病人的心血管疾病病發和死亡風險較一般人高。

改變生活習慣
根據過去五十年公共衞生學的研究所得，大部分長期慢性病都與個人行為和生活習慣息息相關。行為改變（Behavioural Change）是一種以行為科學及心理學證據與理論為本，針對與慢性病相關的個人習慣，如吸煙、飲酒的行為進行干預（Behavioural Intervention）。這裡的干預絕大多數並非強制性，而是以勸導、鼓勵和改善生活環境等形式，誘導病人改變不良習慣。

轉介系統現在的**限制**，
就是令很多人覺得，
只有醫生才可以做到。

—— 物理治療起動召集人列明慧

3.3 請讓物理治療師回到崗位

撰文：陳盈 ｜ 受訪：列明慧 (物理治療起動召集人)

「我們只是想要一個肯定，承認我們的專業，其實就已經足夠。我們不是想問你拿好處。只是想自己發揮自己的職責。」列明慧有很多身份：2017年的特首選舉，她是衞生服務界選委「票后」、業界組織「物理治療起動」發言人，亦是執業物理治療師。這個蓄短髮的幹練女子，幾乎能代言物理治療業界。

「其實物理治療是我進大學時的次選，首選是新聞，」記者聽到，差點把口中的咖啡噴出來。在任何物理治療師的行業活動，都會見到她身影的列明慧，原來差一步便成為記者。「當年梁天偉 (《凸周刊》社長) 被人斬，不知為何，當時我又聽了家人遊說，好吧，就不選新聞系。」列明慧說罷，隨即轉開目光，續談她後來成為物理治療師的際遇。

輔助醫療，不只提供輔助

當然，在大眾眼中，選物理治療而不是新聞，絕對是明智之舉。今日醫療相關學科都被奉為「神科」，一張畢業證書，差不多等於生活無憂的長期飯票；但近二十年前，面對九七回歸後醫管局緊縮，醫護都曾經是「乞食科」。畢業後，列明慧做過乒乓總會幹事，舉辦世界大賽，後來才回到公立醫院，又輾轉成為社區老人服務和私人執業的物理治療師。「物理治療即是 Allied Health (專職醫療)，在公立醫院，他們叫輔助醫療。而事實

上，你在公立醫院工作，很多時候，你都是一個相較輔助的角色。」公立醫院裡頭醫生說了算。病人做一個髖關節置換手術，院方都有指引，規範病人的術後護理和康復時間表，康復進度跟不上的話，便叫物理治療師幫助解決，「醫院裡面就是醫生告訴你，『我想他走路了』，然後醫生會建議你讓他走路的方式。」

離開醫院以後，往日繁多的指引不再，物理治療師反而成為給予指示的角色。「我們的角色在NGO（非政府組織）反而吃重，因為很多事都是由我們決定。」在社區中心，參與照顧長者的醫護專業有限，有別於在醫院，醫生、護士、物理治療師一同工作。物理治療師在社區，有時只能單打獨鬥，獨自決定照顧計劃。「一位長者之前跌倒，我們要決定是否讓他獨自試行，還是我全程都要跟著……我們要去決定他復康的進程，自我護理可以去到甚麼地步。」「如果我們不去給指示，沒有人幫忙，他就做不到；或者我們幫得太多，久而久之他自己便會退化。他將來可以行多少、復康到多少，都看重院舍的物理治療師、團隊怎樣去幫忙。」

醫生壟斷轉介權

現時，大部分專職醫療仍然依賴醫生轉介。即是市民求診物理治療之前，必須得到醫生的轉介信。然而醫生的轉介，有時也有錯失。「有醫生會轉介牙骹痛的病人來看物理治療，但我們摸到牙骹有問題，即是關節有問題……其實他這個關節有事，不是骨科處理，我們就要轉介他回去臉頜齒科（口腔頜面外科）。」

曾經有病人因為扭傷腳腫而求診，細問之下，卻另有內情。「他過往有**痛風病**史，但他堅持是自己弄傷的。痛風發作，不一定是腳跟或膝蓋。我們

向他解釋：你這個情況做物理治療並不是最有效，你應該去看醫生，服了藥就會好。果真，過幾天致電給他，他服了藥，沒事了。」

請把尊嚴還給我們

「所以我會覺得，有時醫生說我們延誤病情，實是他對我們的水平沒有信心。其實我們也了解自己的限制，了解我們有甚麼做到，甚麼做不到。」真正阻礙治療進程的，是制度。現時的醫生轉介制度之下，專職醫療並沒有轉介其他治療或診斷的權力，「例如現在病人來到我這兒，我覺得他需要言語治療服務，但我不能轉介。也試過有病人自己決定來做物理治療，我們覺得他情況可疑，須要轉介給醫生做X光檢查。病人則問：『我可不可以自己照？』不可以的，在香港是不可以自己去照X光。」

「我們試過一次和病人糾纏，要他找私家醫生拿轉介信。他很憤怒，覺得我們在騙他。這些情況也是會發生的。」僵化的制度下，受苦的是被迫對立的醫護人員和病人。那麼，有可見的出路嗎？「Open Referral System（跨專業轉介）是我們一個重要目標。病人有自主選擇權來到我們這兒，我們就有義務告訴他，你應該去找誰才是最合適。轉介系統現在的限制，就是令很多人覺得，只有醫生才可以做到。但我想說，現在很多不同專業訓練，都應有一定的、對不同病情的知識。」

「現在，我們只求做回基層醫療的執業者。」假如真有平行時空，列明慧成為記者，應該也是一位全力以赴的記者。但在這個時空，物理治療業界有這位正直敢言的代表，也算是一種福氣。

小字典

痛風病/症

痛風病是一種因身體內含有過多的尿酸，尿酸鹽積聚在關節內而引發的關節發炎疼痛。痛風病人多是四十歲以上，男性多於女性。他們多有飲酒的習慣，喜歡吃動物內臟、貝殼類及海產等容易使身體產生尿酸的食物。

資料來源：香港特別行政區政府衛生署。2018年。痛風症。
https://www.elderly.gov.hk/tc_chi/common_health_problems/bones_and_joints/gout.html

你認為一開始是因為
愛與責任？
當然不是啦。

—— 註冊藥劑師蘇曜華

3.4 未用盡的藥劑師

撰文：Tiffany Chan ｜ 受訪：蘇曜華（註冊藥劑師）

男孩小時候患有哮喘，經常拖著媽媽的手到醫院看病。與醫護人員的接觸，奠定了他的志向，「沒有特別想加入哪一個醫護行業。當時我在英國唸高中，成績尚可，卻不足以入讀醫科，於是就按成績選了藥劑學。」入讀藥劑學前，蘇曜華對香港藥劑行業的認識，就是小時候到醫院看病取藥時，透過取藥窗口看到的，大大小小、形形色色的藥物。「對於行業其實是一步步認識，而非入讀前已經了解前景如何。」

1991年蘇曜華在英國大學畢業，考取英國執業資格後，因為不太喜歡外國的生活模式，而且為了照顧家人，他選擇回流香港。當時香港藥劑事業並不蓬勃，蘇曜華回香港後當了五年配藥員，才加入公立醫院任職藥劑師。

現時蘇曜華的工作崗位，主要位於專科門診藥劑部，負責核對藥單及向病人解釋藥物。醫院藥房現時已實行通宵服務，輪班工作當然亦不可少。當化療藥物調配部門的藥劑師放假或輪班時，有時他亦要暫任管理化療藥物調配部門，負責計算及檢查劑量，並監督配藥員的調配工作。

———

藥劑師的工作是……

蘇曜華認為，藥劑師在醫護團隊中最重要的職能，是對於病人用藥資訊的蒐集，「有時候病人未必完全按指示服藥，如果病人平日只服食五種血壓

藥物的其中三種，但醫護人員在病人入院時按電腦記錄處方藥物，就有機會令病人血壓過低。藥劑師可以在病房提供藥歷整合及藥物審核的功能，確保病人藥歷與現實情況相同，同時確保所處方的藥物適合病人使用，避免處方不必要的藥物。」

另一個重要職能，是在病人出院時提供藥物輔導，「有一次有位婆婆出院，我看到藥單上配發的有三種藥物，另有十種藥物存於記錄（即藥物在此藥單無須配發，病人家中有藥物），我就從藥架上拿了各種藥物的樣版給家人看，確保婆婆家中有足夠藥物。再看記錄，發現醫生於是次入院將其中一種血壓藥由100毫克減到50毫克，於是我又再三提醒家人，家中的100毫克血壓藥不用再服，改用新配發的50毫克藥物。家人的一句『你講解得好詳細，我們會督促婆婆正確服藥』已能給我鼓勵。」藥物輔導及講解是蘇曜華最喜歡做的工作，更令他獲得藥房「鄭子誠」的稱號，源於一年前有網民在社交群組「西環變幻時」盛讚：「藥房有一把DJ口吻的男聲叫人攞藥，生色不少。」蘇曜華對此回應，「平時『開咪』會將聲音調得溫柔一點，希望老人家聽得舒服一點。」

作為醫院藥劑師，蘇曜華大可完成工作就回家照顧家庭。但他卻不甘停於現狀，說到日常工作以外的社區服務，他更是滔滔不絕，講起自己會在工餘時間到長者中心或長者家中為他們解釋藥物。期間他發現有些長者因為藥費昂貴，沒有購買醫生建議服食的自費膽固醇藥；有些長者雖然有購買，但為節省金錢的緣故，自行將應每日服用的藥物改為隔日服用。看到社會的支援服務不足而影響到病人的用藥健康，蘇曜華於是聯同非牟利機構的社工，成立了一間慈善藥房，透過與藥廠合作，用相對低廉的價錢售賣自費藥物予有需要病人，同時提供藥物輔導。

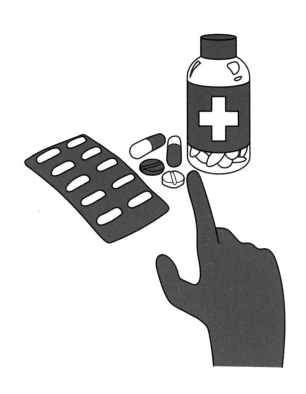

藥房鄭子誠，是迫出來的

藥房其後更發展視像問藥服務，當中心社工上門家訪時發現病人有藥物上的問題，可視像予中心的藥劑師立即解決及進行矯正。問到一開始的緣起，蘇曜華卻回答，「所有事都是被迫出來，當時千禧年初，上司想推廣藥劑師的角色，安排我們在工餘時間到社區提供講座。然後我發現將自己的知識幫助病人，可以有很大滿足感，就一直做下去。你認為一開始是因為愛與責任？當然不是啦。」

提到現時醫院「爆煲」的情況，他說，「其實我覺得最大問題不是工作辛苦，2003年沙士年代大家都辛苦，但又沒現在那麼多怨言。我覺得最大的問題是大家嚥不下那口氣，流感爆發是每年都預知會發生的事，醫院每年都要在病房加床加到無路可走，相對管理層的鼓勵活動就是派魚蛋叫明星拍片打氣，這些都令前線員工感到氣憤不平。」

他又表示，工作量日增以及社會投訴文化愈發普遍，加上管理層缺乏創新思維解決醫療系統中的問題，加重前線醫護人員的壓力。「有時希望管理層能體諒病人的辛酸，我見到病人門診看病要等兩小時，然後取藥又等兩小時，都覺得他們很辛苦。管理層應該要想一些創新的方法解決問題，而不是一直只要求加人手，一來有人手無地方都無辦法加快速度，二來一直加人手亦未能追上病人需求的上升。」他坦言曾經有覺得灰心崩潰的時候，但現在已經看開了，「現在幫得多少就幫多少，病人有疑問我就盡量回答解決，但工作量大，確實不可能為每位病人提供足夠的時間講解。」

說到藥劑行業的未來，他說希望能幫助後輩發展，「以往藥劑師的功能，主要於醫院配藥層面，應發展更多臨床的功能，未來藥劑師亦應發展於社區的功能。除了配藥外可有更多時間指導病人用藥及作教育角色，令病人用藥合適安全，從而減低入院的機會，減輕醫院負擔。」他又參觀過外國的**社區藥房**，那兒已有不少提供藥物包裝的服務，將病人藥物按服用時間包成一卷卷，病人只須按時撕下整包藥物服用即可，既準確又方便，他希望外國的創新思維可以應用到香港幫助病人。

「我們需要有遠大目光的人去管理及探討現時的醫療問題，而問題是基於人口政策或是醫療結構的不足。定了一個願景，無論用多少時間，只要我們慢慢步向正確的方向，我覺得都是值得的。」

📖 小字典

社區藥房

社區藥房為持有藥物零售牌照的註冊藥房，與只能銷售一般藥物，如傷風感冒藥的「藥行」不同，只有社區藥房可以使用「藥房」名銜和「Rx」標誌，需要當值藥劑師駐店、可在藥劑師監督下配發醫生處方藥物，及銷售藥劑師專售的受管制藥物。在香港，市民一般視社區藥房為藥物零售商，甚少機會利用社區藥劑師對藥物的專業知識。

然而，在基層醫療系統較先進並行使「醫藥分家」政策的國家，如英國，社區藥房十分重要：在診斷後，醫生只負責處方，病人需要到藥房配藥，而配藥的工作則由註冊藥劑師負責。在配藥時，藥劑師會囑咐病人有關藥物的用法、副作用、用藥時要留意的事項，及藥物的貯存方法等。由於有藥劑師的審核，配錯藥問題便可大大減少，對於有問題的藥物，藥劑師還可主動給予醫生意見，經商討後再給病人配藥，以保證病人能得到最適當的藥物。

資料來源：衞生署藥物辦公室。2015年。藥房與藥行 —— 問你知多少？。
https://www.drugoffice.gov.hk/eps/do/tc/healthcare_providers/news_informations/
pharmacy_medstote.html

❝ 我們怎會不知道這樣
對病人不好，但整個制度
壓下來，我們都不知道
可以怎樣做。
我們都**很無助**。

—— 言語治療師 Joyce（化名）

3.5 言語治療師的無望與鬱結

撰文：陳盈 ｜ 受訪：Joyce（言語治療師）、Martin（言語治療師）、
Ashley（言語治療師）、Rachel（言語治療師）、Jessie（言語治療師）
（皆為化名）

「其實作為一個Clinician，我們怎會不知道這樣對病人不好，但整個制度壓下來，我們都不知道可以怎樣做。我們都很無助。」Joyce（化名）在公立醫院從事言語治療師超過二十年，見證行業變遷：早年由政府出資派員到外國受訓後回港工作，後來醫管局成立，開始出現社區服務，言語治療逐漸從病房走出社區。但當制度分工愈見複雜，工作量愈見沉重，給予病人的空間和時間就愈來愈少。

沒法提供治療的治療師

「每次有外國講者介紹新的治療方法，我都一定會問：最少做幾多節就會有效果？因為香港一定沒有空間做足。」Joyce坦言，醫管局輪候時間太長，沒有緊急醫療需要的常規個案，輪候時間可以長達一年半。每個病人都需要服務，言語治療師卻只有一對手，唯有把治療將就縮短。同樣曾於公營醫院工作多年的Martin（化名）補充，改善病人吞嚥的電流療程，外國指引是一星期五次，連續做兩至三星期；但來到香港，只可以做到一星期一次，連續做八星期，拖長的覆診間隔令效果大打折扣。

「很多東西應該做，但永遠不夠時間，是言語治療師的心結。初出茅廬的
Ashley（化名）每天最困擾的，就是沒時間。醫管局指引，駐院言語治療
師每日要優先處理住院病人的個案，部分要即日完成會面，但單是評估
個案，已花去極大部分工作時間。有些需要即時治療的個案，例如急性中
風，或是等待轉移至復康醫院的病人，卻沒有時間處理。

緊迫的工作日程，亦限制了治療師教導家屬如何照顧病人。Joyce說，**認
知障礙症**的病人，去到後期，往往會出現吞嚥困難，陷入應否使用胃喉
的兩難。要讓病人在家中仍可以進食，當中涉及技巧和風險，甚至可能要
每隔兩小時餵食一次，但這些都需要時間和家人討論，「但現在做不到，
真的沒有時間，只可以和病人家屬不停說：病人真的吃不到。」

—

轉介合作——得個慘字

理論上，醫管局的言語治療師並非孤軍作戰，光以幼童服務為例，早期
教育及訓練中心（EETC）、幼稚園暨幼兒中心兼收計劃（ICCC）、特殊幼
兒中心（SCCC）和到校學前康復服務（OPRS），都會為幼童提供社區言
語治療服務。然而，曾經就職社區服務，現已重返公營系統的Rachel（化
名）則嘆息，社區服務、衞生署及醫管局的服務提供者轉介混亂。現時需
要言語治療服務的幼童，可以經衞生署的兒童體能智能測驗中心評估，再
經轉介後因應嚴重程度，申請不同的社區言語治療服務；而由於這些社
區服務是由政府資助，醫管局均不會為正在輪候或使用這些服務的幼童
提供服務。

話雖如此，Joyce和Rachel均坦言，現實情況中，因為指引混亂，部分家長
都會同一時間「排幾邊隊」，輪候一年半載後，才發現自己不合資格使用

醫管局服務。甚至有兒科醫生未做評估已預先寫轉介信，讓家長先行輪候服務，到言語治療師進行評估時，才發現小孩沒有問題。言語治療師甚至在收到轉介時，已知道對方不合資格接受治療，「原則上是你勸到家長能不過來就盡力勸，但若他們怎樣都要過來，你還是要提供訓練。」

隨著幼童成長，小學生可能會接受教育局資助的校本言語治療，意味再次跌出醫管局的受助範圍。問題是，服務資格的資料，散落在教育局、衞生署、社會福利署、社福機構和醫管局之間，缺乏管理，往往要前線言語治療師浪費治療時間逐個查問。在Martin眼中，社區和醫院服務理應要有不同定位。現在萬事俱備，只欠統籌分工的東風。「有些儀器和評估要醫院才可以做到；但只有在社區，言語治療師才可以一個星期跟進四次，這些是公立醫院的治療師做不到的。到底可否有一個指引，告訴大家工作流程如何？」

「其實醫療和教育的言語治療應該分開。」Rachel也感慨，「對醫院來說，這些小孩不是生死存亡，自然也不會是最優先；但在教育層面、對家長而言，這些小朋友才是最緊急的一群。」學童、家長，甚至治療師，都在這個轉介迷宮之中疲於奔命，尋找適合自己的治療環境。

從學院到職場是一個倒退

公立醫院與理想臨床環境的差異，亦令他們迷失。畢業後已工作數年旳Jessie（化名）表示，工作環境不重視臨床效果，日常只求盡快完成個案：「病人不作聲、沒事故就好……但不會有同事來看看治療結果。」Jessie說起工作間的無理規定，大表氣結。以幼兒個案為例，由於輪候時間太長，現在只可為每個個案提供六至十堂治療，但數字完全沒有理據。「每個小孩程度不一，你在沒有臨床判斷，又沒有**科學實證**的情況下，決定六至十堂，其實是個很不合邏輯的做法。」

「我現在做的東西全都沒有實證支持。」Ashley說起離開學堂後的對比，亦不禁神傷，「以前當學生時，導師在單面鏡後指導你，教你怎去做好治療程序；加上那時見個案又見得比較密，你會見到病人進步，你會覺得自己真的可以Make a difference。」

「但現在出來工作，是零，甚麼都沒有。所有東西都要自己學自己試，亦沒有人會在意。」

不重視臨床培訓，升遷只看年資

即使新入職同事希望得到指導，制度上亦未必能提供相關培訓。「有時較為資深的同事亦可能沒有相關知識，這些同事可能只是年資長，但不代表他們的臨床技巧較好，不代表他們考取了某個資歷⋯⋯即使現在已經有衛生署的**認可醫療專業註冊**，但其實註冊對於執業並非必須，要這些同事持續學習，亦自然並非必須。」工作超過廿年的Joyce亦坦言，言語治療師晉升階梯窄，每個聯網只有一個高層職位，入職後幾近只能等「跳Point跳到尾」。「例如我都差不多到頂薪，我就不會再有動力做更多的東西。『我等退休咋嘛！』」

每年的工作表現評估，亦不考慮臨床能力，只看年資和完成的個案數字。「因為你只會用年資去評估升遷，但資深並不代表做得好。奈何在這個制度內，只要你年資高，就會得到一個權力去評斷其他同事的表現。」進入公立醫院的制度，彷似進入一個黑盒，前路茫然一片，過去學過的東西和原則亦被捨棄。Rachel停頓兩秒，無奈地說，「這些也是很多同事離開的原因。」

📖 小字典

腦退化症（或稱認知障礙症）

腦退化症或認知障礙症是因大腦神經細胞病變而引致大腦功能衰退的疾病，患者的記憶、理解、語言、學習、計算和判斷能力都會受影響，部分且會有情緒、行為及感覺等方面的變化。年齡是所有腦退化症的已知風險因素中最為重要（其他包括吸煙，心血管病史等），隨著人口老化，本港腦退化症的患病比率將進一步上升。

資料來源：Wu et al. 2018. Prevalence of dementia in mainland China, Hong Kong and Taiwan: an updated systematic review and meta-analysis. International Journal of Epidemiology. 47(3):709-719.

科學實證

科學實證，或實證為本是指利用嚴謹的科學方法獲取證據，以證據而非其他因素，如個別醫護人員的個人意見或經驗、社會輿論等，為核心去分析每個病人的情況同時選出最合適的治療方案。

認可醫療專業註冊計劃（Accreditation Programme）

現時香港的部分專職醫療人員不受法例規管，例如文中的言語治療師或心理學家，大部分透過以學會為本的自願註冊系統，進行自我規管。這些專業團體一般會透過制定專業守則以加強自我規管，並鼓勵會員進行持續的專業進修發展，獲取認可資格，以提升其專業水平。

為了進一步確保醫療人員的專業水平，以及為市民提供更多資訊，協助他們識別達到一定水平的醫療執業者，衞生署在2016年推出認可醫療專業註冊計劃。該計劃希望加強目前專職醫療以學會為本的註冊安排，按「一個專業，一個專業團體，一份名冊」的原則運作。就每個專業，衞生署委託認證機構，評估個別專業團體是否符合所訂標準，獲認可的專業團體須負責管理其專業名冊。

資料來源：香港特別行政區衞生署。2019年。認可醫療專業註冊計劃。
https://www.dh.gov.hk/tc_chi/useful/useful_ar_scheme/useful_ar_scheme.html

„ 醫生**憑甚麼**
去代表我們説話？

—— 公立醫院放射師Nathan（化名）

3.6 夾縫中的放射師

撰文：Nada Lau ｜ 受訪：Nathan（化名）（公立醫院放射師）

「從事這個行業不能計較這麼多，又有多少人真的喜歡上班？」現於某公立醫院任職放射師的Nathan（化名）如是說，表達出他對醫療制度的無奈。用淺白的詞彙說，就是「捱義氣」。

從應屆中六畢業生的選科排序中，不難看出他們對放射學行業那光明前路的憧憬。回望當年，專職醫療尚未如此受歡迎。Nathan喜歡能與人接觸的工作，當時因未獲社工學系取錄，才轉而修讀放射學。放射治療人員可分為放射師（Radiographer）及放射治療師（Radiation Therapist），前者主要操作先進儀器，以輻射及影像技術提供**醫療影像**，讓醫生看到病人體內狀況，協助診斷；後者職責略為不同，負責撰寫報告，與醫生商討患者病情，制訂和執行合適的治療方案。放射師又有分不同的專門（Modality），例如X光、超聲波、MRI（磁力共振）等，各專門都要求不同的培訓。而相對其他專門，MRI比較複雜，變化也多，挑戰性大，於是乎Nathan就選擇了MRI。

人手短缺「頂硬上」

跟其他醫護一樣，Nathan和專職醫療團隊都要面對公立醫院的龐大人流。他以MRI為例，掃描時間受儀器局限，用舊儀器照一次需要半小時，新儀器就約二十分鐘。「上午的工作時段由上午八時四十五分至下午一時，

可以處理九個Case，但現時通常加至十二個。下午一時至二時原定用作清潔和保養儀器，實際上就用作處理這些額外Case。」多出的個案為情況較為緊急的，例如有腫瘤，因為醫管局各部門高層設下不同的服務目標，好讓下屬跟隨，所以這些個案不用預約都需要處理。下午時段，有同事或有需要暫時離開崗位，處理行政管理工作，「有時（人手）三缺一都要『頂硬上』。」

他繼續舉例，「有次放假回醫院，途經急症室，留意到有幾個Case在等待掃描，但放眼一看竟然沒有放射師。原來一個去了手術室，一個去了心導管室，一個去了科學部，幸好接更的同事回來，可以幫忙。」他吸了一口氣，「我們所有人都知道，事情立刻處理當然是最好，但奈何真的沒人手。」尤其現時許多服務都是二十四小時運作，人手需求就變得更加大。

專職醫療被夾在夾縫中不是新鮮事，近來政府紓緩公院人手緊張的方法，就是一筆過額外撥款給醫管局，而局方只是將撥款用作增加現有人手的加班費用。Nathan始終認為，這不是錢或加薪的問題，「不解決人手問題根本沒意思。」他憤憤不平地說，「即使現有人手努力加班，但長遠而言根本不夠人手，就算用加班費購買新儀器，人手亦不足以同時操作兩台儀器。」可是，新增人手帶來長遠的薪酬開支，局方未必採納。

——

制度以醫生為主

繁多的個案不只來自病人人次增長，為求審慎、方便，醫生有時會要求多重檢查，例如見MRI排期較長會先照CT（電腦掃描）和超聲波，「哪個快就先做哪個。」他解釋，「因為現時重視病人權益，但醫生只得五分鐘看報告、分析、寫診斷書……所以為免看漏問題，甚麼都做就不會被投訴。」

變相將工作負擔推至放射師身上，他無可奈何地說，「始終（權力）最大的是醫生，好多事情都要由醫生作最後決定。醫生簽了文件就要做。」

放射師掃描過病人的醫療影像後，報告就會交由醫生撰寫，以維持放射師與醫生的分工。Nathan視放射師和醫生為合作伙伴關係，他笑指，「沒有我們，他們都寫不到報告。」不過，現實裡雙方並非如此和諧，權力不均使關係易有磨擦，「某些醫院的放射師和放射科醫生關係十分惡劣，曾因雙方衝突而感到不開心，導致一班放射師接二連三地離開。」或許，在權力、關係不平衡下，放射師無非是想爭取多一點自主權，「其實我們都有能力寫報告，有時醫生都會問我們意見。」

醫院內的行政和管理高層人員以醫生為主，故醫管局常被戲言為「醫生管理局」。Nathan認為，他們未必能了解前線運作或反映前線的意見，「醫生憑甚麼去代表我們說話？」至少決策的人需包括放射治療人員，聲音才能有效傳達；會議後，又有不少議案需要按各人的意願修改，這令決策過程變得繁複。他質疑開會議的意義，「各方仍未知自己想要甚麼就開會，開十次會來改來改去都未有定論。」加入管理層的人，或會因配合制度而變成順民，他對他們改革的能力抱有疑問。

「醫生覺得自己讀書叻，不喜歡被人指點。」Nathan覺得，要保護自己就要提升自己的才能，例如學懂多點專門知識，才不會被別人看扁，凡事有商有量，「唯有使人看得起自己，才有機會改變。」

—

青黃不接

跟醫護一樣，如此龐大工作量的後果，就是團隊流失率高。面對私營市場的雙倍薪金和舒適的工作量，有心的放射師亦未必會留下，「實在太大

壓力！」當然，選擇留下的有心人，如果願意捱苦，多學一、兩個專門技能，或會得到升遷機會。但這樣下來，不能吃苦的被制度淘汰，留下的只有老手，未能好好承傳技巧和經驗給新人。

除了流失，吸納也是另一個問題癥結。「我畢業那年，醫管局能聘請全部畢業生。但之後幾年，『有專業但冇工開』，全都轉行去賣藥賣保險。」現時情況也類似，每年有約一百位放射學畢業生，但醫管局並沒有因此而加開職位，甚至私家醫院也未能全部接收這批已培訓好的人，「直至下一輪退休潮吧。」Nathan直言，人手本可規劃得更完善，但管理層欠缺長遠視野。

Nathan自覺對新人較嚴厲，會以自身代入他們的角度，讓他們學會病人護理、溝通技巧等實務，又會按他們的意願和表現教導不同知識。患者數目不斷上升、病人因資訊流通而對醫護人員抱有較高期望、醫管局制度使醫護人手青黃不接、新一代未必願意接收公院亂局……Nathan和他的戰友，捱義氣還要捱多久呢？

📖 小字典

醫療影像
醫療影像指為了醫學分析或制定治療方案，對人體特定部分以非侵入方式取得內部組織影像的技術與處理過程，常見的醫療影像技術包括X光（X-ray）、超聲波掃描（Ultrasound Imaging）、電腦掃描（CT Scan）、磁力共振造影（MRI）及正電子掃描（PET Scan）。

一位**無助的**家屬 99

跪在我面前。然後問我，
可不可以幫他求醫生，
不要安排太太出院。

—— 前醫務社工逸明（化名）

3.7 踢人出院，然後呢？

撰文：陳綽姿 ｜ 受訪：逸明（化名）（前醫務社工）

「講白一點，我們的角色就是『踢人出院』。」曾是醫務社工的逸明（化名）用四個字概括了其職責。醫務社工是醫療團隊成員之一，連同醫生、護士、物理治療師、職業治療師、臨床心理學家和院牧，負責住院病人的護理計劃。住院期間，病人往往會遇到很多牽涉護理、財務，以至情緒等三方面的問題，直接影響整個病況歷程，「這不單是靠藥物、手術，甚至乎復康就可以解決得到，還要處理病人的**身、心、社、靈**。」而醫務社工的定位就是負責心和社這兩方面。

他比喻醫務社工為「談判專家」，周旋於醫生、病人和家屬之間，協調溝通，拆解問題，達成共識，「滿足各方期望，令家屬願意接病人出院，亦令病人有能力、有信心接受出院安排。」減低病人住院日數、提高病床流轉率，就是醫療團隊最大的期望和要求。若有住院病人額外多留一天，外面就可能會有病人因病床爆滿而得不到適切的醫療服務，「所以才說『踢人出院』是我們最重要的功能。」

周而復始的出入院

逸明在寧養病房工作了五年，面對過許多生離死別，看過各種人生無常。他最深刻的個案，是一位患了末期癌症的老太太。「那時醫生認為病人

Stably Ill，加上病床爆滿，所以安排她回家休養。」於是，他就主動跟老太太的丈夫商量出院安排，老先生藉此傾訴了許多擔心和困擾，「談了一會兒，老先生忽然跪在我面前，」回憶當日的畫面，逸明依然激動，「他跪在我面前，一位老先生跪在我面前，一位無助的家屬跪在我面前。然後問我，可不可以幫他求醫生，不要安排太太出院。」小伙子初遇這情況，非常震撼，也頓時跪下，盡力安撫老先生。最後，老太太在出院前，病情已急轉直下，繼而在病房離世。

「如果當時硬要老太太出院，其實就是推她去死。」逸明反映，臨終末期病人常有類似反覆的情況：今天出院，明天忽然惡化，後天就離世。「如果末期病人不用出院，其實是可以減免好多因病情反覆而要在極短時間內出入院的折騰。」諷刺的是，寧養病房原來的功能是不用病人面對急症室的急趕流程和對待，讓他可以安詳地離世，「不過臨終病房都慢慢變成普通內科病房的做法了。」若醫生認為病情穩定，就會安排病人出院，接

受社區護理或在家休養。他感嘆,「現時的醫療模式好現實,資源不夠、床位不夠、人手不夠,你確實有壓力。」如此,單憑醫學判斷,要不留在醫院,要不離開醫院,非黑即白。「但醫生看到家屬這樣跪下,都無理由不考慮他們的承載力。」

任誰見到他人如此煎熬,總會泛起一絲惻隱之心。

事實上,如果有些家庭在各方面都未能夠照顧到病人出院後的需要,例如沒有足夠金錢、家人關係惡劣以致虐老、沒有相關暫託等,醫務社工會如實向醫生反映,期望能爭取多點空間和時間,好讓病人有能力出院。逸明形容這過程既痛苦又叫人掙扎,「當你決定了給病人A多留兩天,就會有病人B在輪候這張病床,甚至乎在急症室等三天都未能上病房。這就是實際的拉扯,真的非常悲慘!但是你不回應,然後推他出院,其實並沒有解決問題。今天出院,明天他又打999去急症室。」

社會不容安老好死

電影《伴生》描繪了將逝者與照顧者之間的掙扎與牽絆,訴說了面對疾病的無力和折磨、照顧病患的重擔和壓力。如電影記錄的故事一樣,眾多臨終病人的照顧者面對著照顧困難、經濟壓力和情緒困擾。「他要照顧一個病情反覆的家人已經好艱難,他要與快要過身的至親離別更加艱難,所以當可以入院時,家屬都會鬆一口氣,」逸明深呼吸,模彷家屬的語氣,「『終於有人去承托這樣艱難的照顧。』」可是,大部分家庭沒有資源、能力、財力在醫院以外的地方照顧病人,所以當醫生決定病人要出院時,他們

就會浮現另一個擔心，「『我接他出院即是送他去死？』選擇回家，若是上班族，沒有能力照顧病人；就算是家庭主婦，全天候二十四小時照顧的壓力也大到不得了。選擇老人院，一來是錢的掙扎；二來是對老人院提供的照料感到擔憂，好多人都抱有『送他去老人院即是推他去死』的想法。」

近年，香港屢有照顧者不堪壓力，而親手了結病患親人的生命之悲劇。「當他們筋疲力盡，又無適當的情緒處理，亦無一個好的社區支援配合，塘水滾塘魚，自然壓力大，看不到希望。他們有情緒困擾是相當普遍的，甚至會想過自殺。」逸明坦言，「『暫時未有死人冧樓只是好彩，爆Case是遲早的事。』就如一隻手接了十個火棒，你不知何時會跌落地。」

在逸明眼中，這些個案正正反映出香港社會的困境——人手不足、資源不足、社區不支持長者安老，又沒有配套承載病患者和照顧者。簡單如送飯服務都要輪候十八個月，「等得來，都餓死了。」他直言，若社區能夠有一個理想的協調或配套，有效地發揮照顧者的角色，提供足夠支援給病患者和家屬，「大家自然願意離開醫院。沒有人會想長期住院。」然而，現時醫院處理不了就推給社區，但社區又接不住，結果衍生出一環扣一環的崩壞情況。

他憤憤不平地指出，這是政策的崩壞，「公共政策決定如何分配資源，你放多些錢在明日大嶼，你就少些錢建醫院。」他批評現時政府「不見血不流淚」，要在「出事」之時才會研究如何推行社區預防工作或情緒支援服務。「如果沒意外發生，即是系統沒有問題，那大家就繼續開開心心，一起吃魚蛋，建港珠澳大橋囉！」說到這裡，他不禁嘆氣，慨嘆看不見未來會有所改變。

一

全人關顧才是最理想

從公共政策談到醫院運作的期許，逸明認為寧養科的護理模式值得其他科室參考。有別於一般醫務社工的流水作業—純粹幫助病人尋找出院後的社區資源，相較僅限於門診或病房內「救火多過預防」的模式，寧養科則多一點功能。「寧養科的地位比較特別，」他解釋，他們會在已確診的末期病人入院前預早介入，建立信任，梳理問題。到病人入院時可深入跟進，直至出院後也有離院支援。「病房只是病人歷程的一小部分，其實他有更多時間在醫院以外的地方生活。」他形容這個模式能全面橫跨整個病人歷程，做到全人關顧，對高危個案尤其理想，「預防勝於治療，在社區時及早疏解問題，預防個案惡化，不用等到「爆煲」要入院才臨急臨忙地救火，這樣已能減低病床成本。」不過，現時相距如此理想的模式依然遙遠。

即使回到社區層面，逸明認為，儘管有不少社福機構推行病患支援服務，百花齊放，但割裂情況嚴重，各有各做，更不用說醫社合作。「醫生不會知道病人之前發生了甚麼事，不可即時掌握狀況。」若電子健康紀錄能與社區互通，那病人入院時前線醫護人員就不用重複檢查或提問，可以無縫掌握個案，盡快處理問題。「不一定是治病或藥物紀錄，照顧或財政情況也同樣重要。」如何完善醫社合作是政府和醫管局的一個重要課題。

「把握時機，在有限的時間裡力所能及地去實踐賦權，使病人和家屬在身、心、社、靈都有力量承載出院這一個醫療決定。」在醫療資源缺乏的現實下，逸明希望為病人和家屬爭取最大的福祉，讓他們能好好完成病人歷程。「其實他們的需要很簡單，只要有人從旁扶一扶，幫助他們梳理所需，他們已經有能力做得到。」他笑言，雖然醫務社工在白色巨塔裡的地位卑微，但他依然為這個角色感到驕傲，「沒有人可以取代到醫務社工的身分和操作。若無社工去協調和配合，醫生一句『搞出院』都不能成事。」

📖 小字典

身、心、社、靈

源自世界衛生組織對健康的定義:「不僅為疾病或羸弱之消除,更包括體格(身)、精神(心)與社會(社)之完全健康狀態」,以及之後的世界衛生大會和不同文件中提到的靈性維度(Spiritual Dimension),強調全人健康必須包括身、心、社、靈四大方面。

資料來源: 世界衛生組織。1946年。《世界衛生組織組織法》。

香港是一個
醫生主導的社會，
任何其他醫療專業要
發展的時候，
醫生都會有自己的意見。

—— 理工大學眼科視光學院副教授林國璋

3.8 香港需要「大開眼界」

撰文：Sirius Lee ｜ 受訪：林國璋（理工大學眼科視光學院副教授）

香港的兩大醫學院無人不知，但說到其他的醫療專業，香港理工大學（理大）其實才是大戶。其眼科視光學院，至今培養了超過一千三百名眼科視光師，佔了現時全港執業眼科視光師約六成。眼科視光師也不只是為客人配眼鏡，亦包括詳細的眼睛檢查，診斷如青光眼、白內障、「糖尿上眼」等眼科疾病，「有時候我向市民解釋說，眼科視光師跟牙醫一樣，你不一定在蛀牙時才找牙醫，你習慣了每年都會洗牙，同樣道理，亦可以定期找眼科視光師檢查眼睛。」理大眼科視光學院副教授林國璋說。

眼科視光師與眼科醫生到底有甚麼分別？林國璋解釋，眼科醫生是已經修讀眼科專科的醫生，主要是治療眼病；眼科視光師的職責則「跟家庭醫生差不多」，為病人進行全面的眼睛檢查，一旦發現問題便可以作相對應的轉介。然而，兩者可分工合作，「例如眼科醫生會聘請眼科視光師，進行眼科手術前的檢查及手術後的跟進事宜等，眼科醫生則可專注於眼科手術本身」。

―

等見醫生等到死

眼科專科門診的輪候時間驚人，動輒以「百周」計算，不少長者直至離世，還在受白內障之苦。林國璋說，香港的眼科視光師並未發揮基層醫療中的把關者角色，「外國政府會資助病人先去找眼科視光師，由眼科視光

師決定是否須要轉介到眼科醫生。如果你想不經過眼科視光師而直接去找眼科醫生，便需要自掏腰包。」他說香港人習慣有事直接找專科醫生求診，其實可以先找眼科視光師。假如經由眼科視光師轉介，有需要才轉到眼科醫生，或者也能減輕眼科門診的輪候時間。

眼科視光師是香港**醫療券**的其中一類醫療服務提供者，可以為長者提供眼科檢查及驗配眼鏡等服務。在2018年就有近三十六萬人次曾使用醫療券獲取眼科視光服務，相信不少長者都因醫療券而受惠。但近日社會出現了不少限制視光服務申報醫療券的聲音，也有意見希望把眼鏡費從醫療券補貼範圍中剔除。眼科視光師有濫用醫療券制度牟利嗎？「長者普遍有老花，會配漸進鏡片同時解決近視和老花問題。漸進鏡片價錢貴，但事實上這些產品亦幫助到長者。」

然而，政府指眼科視光師申報極高醫療券金額的宗數「不成比例地多」，出現長者過度集中使用眼科視光服務的情況。2018年的數據指出，眼科視光師每宗醫療券申報金額的中位數高達1,951元，是眾多醫療服務提供者之冠，比排行第二的醫務化驗師（780元）高超過一倍，而每宗4,000元以上的醫療券申報中，眼科視光師的申報宗數更佔76%。政府明確列出醫療券不可用於純粹購買物品，並指醫療券可用於預防性、治療性及復康性的服務，顯然是希望長者多使用服務而非購買物品。

醫療券不應配眼鏡？

林國璋則認為這是長者的選擇自由。「長者都知道鏡片價錢貴，他們不覺得有問題」，「長者可以不配漸進鏡，改為配兩副較便宜的眼鏡，一副外出使用，一副用來閱讀報紙，視乎何者適合他們」。有時候長者為何會用醫療券配漸進鏡亦有其他實際考慮，「不少長者從外地回來，沒有機會使用

醫療券提供的其他服務，所以便一次過用醫療券配漸進眼鏡」，「政府可以用行政手段限制使用金額，但會剝削長者如何使用醫療券的權利」。對於把眼鏡費從補貼範圍中剔除的建議，林國璋就反問「為何要將治療方案（眼鏡）與檢查費分拆？西醫或其他醫療服務的治療與檢查都不會分開，例如如果只補貼診金而不補貼藥物，這樣是否有點說不過去？」

另一邊廂，本地眼科視光師的權責亦面臨著種種限制和挑戰。理大的眼科視光學課程經歷了不少變革，課程在2005年加入了更多藥理學的科目，並在2012年隨著學制轉變而由原來四年課程改為五年課程。畢業生的資歷得到國際認可，例如澳洲的海外**眼科視光師註冊制度**之中，可直接應考執業試的大學大部分都來自英、美等西方國家，亞洲只有兩間大學擁有該資格，而理大就是其中一間。但眼科視光師在香港能否完全學以致用，便要回到現實之中的角力。1996年全面生效的《視光師（註冊及紀律處分程序）規例》，當中就限制了眼科視光師不能對病人處方治療性藥物醫治眼病，條例至今沒有重大改動。即使現時的眼科視光師已接受過相關訓練，但礙於條例所限，仍然跟二十多年前一樣，只能夠使用眼科診斷性藥物，「未能學以致用，是浪費資源」。

「醫生總有意見」

林國璋明言希望可以修訂法例，讓眼科視光師擔當更多角色，包括做眼病的診斷以及藥物治療，有關細節可在專業守則之中列出。林國璋指推動改革不容易，並直言「是有政治考慮的，例如對眼科醫生工作會否造成威脅等」，「香港是一個醫生主導的社會，任何其他醫療專業要發展的時候，醫生會有自己的意見」。面對醫生人手短缺、專科門診輪候時間甚長等問題，政府或許可以借機讓專職醫療人員分擔醫生的工作。

如何打破眼科治療中的界限，讓香港「大開眼界」，路尚遙遠。行業之間有既定的分工模式，亦牽涉不同的既得利益。如何能夠善用資源而又能保持服務質素，是醫療系統不能迴避的挑戰。

 小字典

醫療券

自2009年起，香港政府為補助長者醫療開支、鼓勵長者使用基層醫療服務而推出的計劃。過去十年，醫療券金額從開始的每年250元增至現時的2000元，並容許累積金額上限至8000元。醫療券可用於多種預防性、治療性及復康性的服務，但不可用於純粹購買物品，如藥物、眼鏡、海味和醫療用品、已獲政府資助的公共醫療服務，或住院服務、預先繳費的醫療服務及日間手術程序。

資料來源：香港特別行政區政府醫療券。2019年。長者醫療券計劃背景。
https://www.hcv.gov.hk/tc/pub_background.htm

視光師註冊制度

香港政府在1996年開始執行監管視光師條例，將執業視光師名冊分成四個註冊部分，進入各註冊部分均有其所需資格、學歷及執業限制。
其中第一部分最為嚴格：視光師必須為香港理工學院或香港理工大學視光學理學士、擁有香港理工學院視光學專業文憑，或成功註冊第二部分並持有香港理工大學頒發的眼科藥理學修業証書，及在獲註冊為第二部分視光師後已執業一年或以上，或具有委員會承認的其他經驗。只有在第一部分註冊的視光師才可使用委員會批准的藥物。其他註冊部分所需資歷或資格相對寬鬆，同時亦有更多執業限制。

資料來源：香港理工大學。視光師的註冊制度。
https://www.polyu.edu.hk/so/OrthoK/appendix_fc.htm

所以別再跟我說
甚麼**獅子山下**，
根本整個社區都不同了。

—— 外科醫生、「醫護行者」主席范寧

3.9 作為醫生，
我覺得無能為力

撰文：Kris Lau ｜ 受訪：范寧（外科醫生、「醫護行者」主席）

范寧是醫生中的異端。身為外科醫生，他卻沒有好好保護雙手，甚至在雪山冒險時，因凍傷而須切去左手中指與無名指的指節。他曾任無國界醫生主席，是香港第一位前往利比亞救援的醫生，後來再創立殯儀社企「毋忘愛」，以及聲言要打破「健康不公平」的「醫護行者」。與其他醫生總是西裝畢挺的打扮不同，他喜歡穿一件格仔裇衫，少扣兩顆鈕扣，配一條鬆垮垮的布褲子。圓滾滾的臉留著一大把鬍子，雙眼總是笑咪咪的，看上去就像是一個勞工階層的大叔。

這位溫厚的醫生大叔，卻尖銳直率得令人咋舌：「醫療霸權要突破」、「醫生沒能力維持市民健康」……隨便一句話，都能令他的同行皺起眉頭。

葵青區是十八區中最先興建地區康健中心，自多年前「葵青安全城市」推行以來，這區一直是發展基層醫療的先驅。「醫護行者」的中心也坐落於葵青區。地區康健中心標榜社區網絡、跨專業合作、專職醫療……「醫護行者」的中心也提供相近服務，儼然是一個「民間版」，「我們其實有投過標，但因為出了些技術錯誤，所以標書無效了。哈哈。」范寧曾在公開場合自揭傻事。「其實可能是好事，不然虧本的話，可能真的要賣樓，哈哈哈。」

基層醫療誰「揸旗」

香港基層醫療的發展，其中一個討論點，是「誰當主持」。有參與政府會議的醫護反映，會上大家曾爭論，負責統籌的角色該落在哪一專業。有人說社工、有說護士，但最大的聲音，還是來自醫生。

范寧卻不停強調醫生要「退後」，甚至刻意把「醫社合作」說成「社醫合作」，「在社區上維持市民健康，醫生能做的真的很少。」他不厭其煩地再三解釋，「最多不過佔整件事的百分之十到二十。醫生也不能否認，我們沒可能隻手遮天。醫生只能作為一個重要的持分者，配合社工、專職醫療、社區代表、老師和區議員。這些人都參與才有機會做到。」

「如果醫生知道，自己沒有能力做到（維持健康），那麼就請你坐下來，和其他人談談。我作為醫生，我就覺得自己沒有能力。」

他的理念切實反映在其中心的編制上。他們採取一個彈性的安排，假如是痛症病人，便由物理治療師當個案經理；有家庭問題的，就由社工負責；其他健康問題，就請護士出馬……范寧認為，這樣才是最有效率的做法，「讓醫生去做個案經理根本不切實際。你讓醫生做，醫生也只是處方藥物，然後再轉介不同專職。為甚麼人們要看醫生，是因為只有醫生才有權力，可以叫人去看營養師，去找藥劑師，或是物理治療師。但這個模式在社區可行嗎？」他自問自答，「全世界都做不到。」

醫療非社區所需

同為醫生，他強調不是要貶低醫生的作用，只是醫生的著眼點是治療，而這並不是社區醫療所需，「治好了你，再放你回去（社區），你又再出事，這是沒用的。」他說自己受公共衛生學者Michael Marmot啟發，認為影響健康的是社會上的不同因素，由住屋、食物安全到空氣污染，環環相扣，「我接觸過一些病人，十六歲生膽石，因為天天吃快餐店。」而這些致病原因，任何專科醫生都無法處理，「那些快餐店，是不是要他們多繳稅？他們賺大錢，但醫療開支就由政府承擔。」

在他眼中，跨醫療專業、醫社合作，是未來的大勢，「這些年來，坊間其實有很多護士診所。但做到的事情有限，因為單打獨鬥。物理治療、職業治療也一樣。專職醫單打獨鬥的話，根本甚麼都做不了，最後病人還是進醫院。」而只依賴醫生和醫院，是一種悲哀，「假如我們不能想出方法，只能依靠醫生，那香港人的健康只會每況愈下。」

官員不懂公共衛生

除了大力提倡專職醫療向前走，范寧也說，香港人的Health Literacy（健康素養）太差，而這不只限於平民百姓，「政務官們、將來會成為局長的人，或是一些決策層面的人，有誰懂得公共衛生？」他嗤之以鼻，「未來的問題是人口老化，長期病患。是不是整個城市，我們只要懂科技、懂經濟，而不須懂公共衛生？」

曾在利比亞執行救援工作，他忍不住把香港和非洲比較，「在非洲沒辦法，你不可能向政府說甚麼。它也沒有能力。在非洲，你讓他活命，然後再慢慢做好教育，去演變。但這兒是香港，不用演變，要人覺醒應該很容易，告訴他就行。」可惜的是，非洲在進步，香港卻在退步，「整個社區都變了。」范寧口中的改變，是指由有到無，「現在的社區，例如公共屋邨，可以死了人，到發臭才知道。」他苦笑，「所以再別跟我說甚麼獅子山下，根本整個社區都不同了。」

儘管在范寧眼中，香港醫療的未來仍是灰濛濛，他仍然認為「有得搞」。問及這個信念的根源，他化身現實主義者，「土地是不能推進的議題，因為政治上，和各方面的不信任。但健康不同。」他說時滿是笑意，「每個人都想要健康，沒有人想看醫生。這是超越一切的共識。」

📘 小字典

健康不公平（Health Inequities）
健康是一項基本人權的大前提下，健康不公平是（以國家、性別、學歷、收入等劃分的）不同人群之間可避免的健康不平等（Health Inequalities）現象。這些不公平大多源自社會、經濟和個人相關行為（如低學歷人士需要從事高危工作）的因素。

資料來源：世界衛生組織。2019年。健康問題社會決定因素。
https://www.who.int/social_determinants/thecommission/finalreport/key_concepts/zh/

健康素養（Health Literacy）
健康素養指個人的一籃子技能，涉及如何獲取、理解和使用與健康相關的資訊，從而促進和保持健康。

資料來源：Nutbeam D. 2000. Health literacy as a public health goal: a challenge for contemporary health education and communication strategies into the 21st century, Health Promotion International

作為醫生，我覺得無能為力

第 4 章

很多人都以為，香港有一個先進的醫療制度

很多人都以為，香港有一個先進的醫療制度。

其實不然。

香港先進的，是治療。重金支持的尖端科研，基本上甚麼重病怪症，都總能找到應對方法。加上醫護捨生忘死地拚命做，我們才能接受到優質的治療。

但所謂治療，只是阻止你走進鬼門關，僅此而已。由整個醫療系統的組成、資源分配、以至維持市民健康的措施，我們與先進兩字，差得太遠。

其實有很多人選擇
救護車或急症服務，
是因為我們是在前線醫療
體制中，唯一**不可拒絕**
病人的地方。

—— 急症室醫生Tim Wong

4.1 急症室的「千奇百趣」

撰文：Tiffany Chan ｜ 受訪：Tim Wong（急症室醫生）、
Ray（急症室醫生）、Ken（化名）（救護員）

市民患病，除了前往普通科門診外，往往就是衝急症室。如此，急症室守在公立醫院第一道防線。

急症室的個案範疇寬廣，從傷風感冒到危殆重症，包羅萬有。大概從事急症室工作的人都被這份多變的挑戰吸引。喜歡接觸新事物的Tim成為急症室醫生已有三年，見盡百態，「由被蚊咬到死人都有。」若遇到蚊咬而求診的病人，他的醫生同事會直接向病人表達不滿，言明急症室是處理急症的地方，他們應到私家或普通科門診求醫。Tim推斷，這類病人是擔心蚊咬會感染登革熱或日本腦炎而求診，「我就好少鬧，疑點利益歸於被告，我會當作你不懂。」

也有些病人可能因為需要醫生病假紙去申請賠償，所以來急症室求診，「痛和暈是主觀徵狀，作為醫生我一定要相信病人的供詞，甚至有病人一拐一拐來看醫生，取假紙後被人看到飛快地走，拐杖也不需要。」

救護車不是免費接送

負責拯救緊急病人的，除了急症室醫生，還有救護車上的救護員。工作多年的救護員Ken（化名）亦無奈地道出市民胡亂召喚救護車的問題，「有時

連蚊咬都可以叫救護車，以前比較少有類似情況發生。現在大家教育水平提高了，公民意識卻差了，覺得免費服務不使用就吃虧，但沒有想過，下一個（病人）有機會是危急病人，但（屆時會）沒有足夠救護車。」

Tim強調，急症室有**分流制度**，危殆病人一定會即時處理，危急病人亦有九成會即時處理。新聞報道等候十多二十個小時的，多是次緊急及非緊急病人，「有街坊會拿籌後回家，第二天再回來看醫生。」Ken亦表示，「曾試過同一日三轉車都是同一個病人，第一次去到急症室拿籌後回家等，到估計差不多時間又叫車，當救護車是接送服務。」有時因為要分人手處理這兩類病人，因而延遲搶救緊急病人。

「其實有很多人選擇救護車或急症服務，是因為我們是在前線醫療體制中，唯一不可拒絕病人的地方。」

—

不能Say No的急症室

儘管有部分人士濫用急症室，已擔任急症室醫生七年的Ray卻認為人數並不多。他指出，事實上大部分求診者是危殆至危急類病人或六十五歲以上的長者。「不敢說無（濫用），但如果因為雞毛蒜皮的事情而來，他們會得到教訓，就是等十六個小時，那他下次就不會再來。」他分析他們使用急症室的原因，「第一，老人家多病痛，『頭暈身燊』，就會來急症室。第二，有傷口要處理又會過來。第三，無保險的人士也會來。」他繼續列舉，當私家門診醫生和普通科門診應付不了病人，就會直接轉去急症室。譬如一些個案需要警方介入，例如打架、交通意外，普通科醫生會拒絕接收，那就必須送到急症室。當普通科門診預約滿額時，病人又會到急症室求醫。還有一些緊急情況，病人須立即進行影像掃描或驗血，同樣要去急症室。

Ken又提出，責任問題是造成急症服務負擔及前線同事壓力的另一個重要因素。公司與學校是責任承擔者，如學生流鼻血，即使基本上學校人員已經能夠處理，但依然要叫救護車，因為害怕家長會追究，所以就將責任一層一層向上推。另外，工傷亦必須要報急症室，「甚至有次工傷是刀割傷，但未見血，一樣叫救護車。」責任問題亦關係到老人院送入急症室的個案，幾乎每日都有。他又分享一些較極端的例子，「試過凌晨三點鐘，老人院叫車說伯伯高血壓，我們已知有古怪，哪有人凌晨三點去量血壓，結果去到病人已經心臟停頓，送到醫院，家人埋怨為何現在才送到醫院，但這不是我的責任。又試過上到老人院，看見伯伯坐著，屍斑都出了，職員卻說半小時前還在和他聊天。老人院職員質素參差，有些人為了逃避責任，會將一些嚴重情況報得很簡單。」

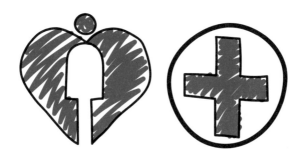

對此Tim亦回應，工作環境令他們無時間向病人詳細解釋情況，不是醫護人員「偷懶」不想做，但外面有很多病人在等候，所以結果一定不理想，但傳媒就偏向找一個人去負責任，「可能報章報道了一個小朋友發燒，到公立醫院診斷為普通上呼吸道感染，過了一晚病情急轉直下，很快過了身，責任便會歸究於當時醫生沒有做足夠檢查，但其實看病是基於當時的情況，我亦無法完全預計之後發生的事。市民和傳媒普遍覺得，任何事情只要找了專業人士就一定會有好的結果。所以一出事就會埋怨醫生護士不對，救護車遲到，就算調查結果證明非專業人士責任，亦無人關心。現在唯有盡量跟病人多作解釋。」

全年都是高峰期

不作改變，長此下去，急症室的壓力只會愈來愈重，病房爆滿，不能再收新症，就會停留在急症室，直至等到有病床空置。Ray為此抱不平，「當病房爆滿時，病人治好七成便要出院，結果未治好，病尾未斷，又要重新入院。」首當其衝又是急症室，循環不息，服務質素自然下降。

Tim形容近年急症室情況惡劣，「以前一年都有分冬季及夏季高峰期，但現在每天都是高峰期。病人愈來愈多，醫生見病人的時間就愈來愈少。」若非部門簡化了程序，再加上醫護人員用膳時間減少，病人等候時間一定更長。Ken表示近年求助電話的確愈來愈多，甚至每年以十萬為單位上升。「我們工作，十二小時一更，平均每轉由出發到現場、再到醫院、最後返回中心需要一小時，十二小時如果運氣好的話可以只有六轉，但近年通常都有十至十一轉，根本沒有足夠時間食飯。」

「好簡單，當醫護人員飯無得食、水無得飲、廁所無得去，怎去救人呢？」Tim和Ken不約而同地說。

....

📖 **小字典**

急症室分流制度

為了確保危急病人得到適時的治理，公立醫院急症室實施了分流制度，即是由曾經接受訓練的護士第一時間初步評估求診人士的臨床表徵，將他們分流為危殆、危急、緊急、半緊急和非緊急五類，並且按其緊急情況排列診治的優先次序。

資料來源：醫院管理局。急症室。http://tiny.cc/nzqg8y

醫生相當
不喜歡我們。

       "

—— 普瑞德威利綜合症照顧者姨婆（化名）

4.2 小胖在身邊

撰文：Sirius Lee ｜ 受訪：姨婆（化名）（普瑞德威利綜合症照顧者）

俗稱「小胖威利症」的「普瑞德威利綜合症」（Prader-Willi Syndrome）是一種遺傳病，患者往往無法控制其食慾，總是覺得肚餓，同時亦陪隨著智力障礙等各種健康問題。照顧患有小胖威利症的肥仔（化名），對姨婆來說從不是一件易事。訪問期間，肥仔坐在姨婆旁邊，間中會「坐唔定」。姨婆不時提醒他要「尊重人」、「要有禮貌」，希望肥仔能學習自理、自律、待人接物，並為自己的行為負責任。

這一年來，肥仔脾氣特別暴躁，有一次在社區中心大發脾氣，「把東西全部打爛」，姨婆自責不已，只好帶肥仔去看醫生。不過，服藥兩、三日後，肥仔便時常不由自主地發出「嘻嘻」、「嘶嘶」的聲音，似笑卻又不是笑，之後更因眼部疼痛需要求醫。在瑪嘉烈醫院急症室等候兩個多小時後，肥仔的眼珠突然向上一翻並卡住了，處於「翻白眼」的狀態，頓時失去視力。肥仔直叫眼睛痛如「甩骹」，又慌忙喊著那位不願照顧他的生母：「媽媽快點來看我，可能以後望不到你……」

—

醫生的冷漠

肥仔盼不到媽媽，卻總算獲「升級」至「緊急」類別而能提前見到醫生。姨婆憶述診症過程「好快」，直言覺得「醫生相當不喜歡我們」，又難忘

該位醫生一臉倦容，想必是工作過度，「語氣不怎麼好」，「好像覺得我們霸佔了緊急位置」。

醫生與病人溝通難，在公立醫院的人手荒下，難上加難。醫生指肥仔眼部抽筋，否定徵狀由藥物引起，卻未有多作解釋。姨婆滿腹疑慮，惟怕肥仔不是「最緊急」的病人，不敢不滿，也不敢追問或要求太多。可想而知，姨婆對藥物的不信任，只會有增無減。

又一次服藥後再度出現眼抽筋的情況，姨婆把心一橫，瞞住醫生，自行為肥仔停藥。停藥後，眼抽筋及其他不良反應統統消失，更可喜的是，肥仔此後也沒怎麼發脾氣——服藥與否，似乎對他的情緒未有確切的正面影響。其實這樣自行停藥，不是第一次。撇除今次的藥物有引起抽搐的「嫌疑」，對姨婆而言，服食精神科藥物，從不是處理肥仔情緒的有效方法。

姨婆表示，醫生往往只著眼控制徵狀，故總傾向開藥、加藥，「令他不會發脾氣就可以。」這種做法，又是否能幫助到病患及照顧者？姨婆形容，吃了精神科藥物的肥仔總是「溫溫燉燉」、迷迷糊糊，不只無法如常生活，甚至有忘記關火、忘記關水龍頭等「危險動作」，「他失去了情緒，但對我而言更辛苦。」

辛苦不僅因為看顧精神狀態不穩的肥仔，要花更多力氣，更是因為眼見肥仔無法自主自理，心痛不已。姨婆慨嘆醫生不能理解照顧者的心情，「做家長的，不會希望孩子昏昏沉沉、毫無情緒，而是想他們活潑快樂，做喜歡做的事。尤其肥仔今年滿十八歲，實在有自主的需要。」可惜在姨婆的經驗中，每個表達對用藥的憂慮的嘗試，都得不到醫生太多回應，從劑量調較到其他治療方案，討論與溝通都嚴重不足。

病患、公眾、醫生 都欠教育

姨婆笑說，肥仔「對食有一份執著」，最容易被食物引發情緒——小胖威利症患者總被無法控制的巨大食慾所纏繞，不能滿足時便可能發脾氣。不過，姨婆相信，肥仔的情緒問題並非必然。「跟他說『過一會兒跟你吃美食』，他便會安心。」姨婆說。「但我不會亂說，我希望他有規有矩，並理解不是所有東西都能唾手可得。」不用藥物壓抑，亦不以食物哄騙安撫，姨婆對肥仔的管教之路自然不易走，體察他對食物迫切渴求的心情，需要較多時間解釋。日子有功，在姨婆身邊，肥仔比較能控制情緒，亦學懂與別人分享食物。

談起情緒穩定時的肥仔，姨婆頓時甜在心頭，「他會主動關心別人，問人要不要飲水？又會提醒你，今日天氣涼要添衣。」輕度智障的他已學懂基本自理，不用姨婆費心，有時更會兼顧家務，減輕姨婆的重擔。

基層病患與照顧者的生活，離不開公共醫療服務。姨婆則提出「先教育，後醫療」，相信教育與醫療質素也有密切關係。她一方面盼政府加強宣傳工作，讓社會大眾對有特殊需要的病患少一分歧視、多一分包容；另一方面亦希望醫科生學習病理以外，進一步了解病者在疾病影響下的行為模式，以至日常需要。說到底，她是希望醫生能夠多從「人」的角度出發，而非只以病徵制定治療方案。

社區服務不足 照顧者感吃力

肥仔與姨婆的情況並非個別例子。政府統計處估算，2013年無酬照顧同住的殘疾人士或長期病患家屬的「家庭照顧者」，大約有二十二萬人。醫院的醫護人員要掌握病者與照顧者的需要，不是一件容易的事；較熟知病者及照顧者日常的社區社工，又與醫院缺乏合作。香港醫療現時仍主要以「醫院」為中心，與社區之間仍存在很大的缺口。在現時僅有的社區醫療服務中，醫院管理局轄下的「社康護理服務」對姨婆及肥仔來說，或是一個改善現時狀況的途徑：社康護士會家訪了解病者及其家庭的個別需要，度身訂造護理計劃。

姨婆亦有為肥仔申請入住院舍，唯一般輪候逾十年，有如「輪公屋」一樣。不過姨婆坦言，不管照顧、管教再艱難，她還是希望他留在社區生活，學習與人相處，故希望香港能增加喘息服務，讓她能間中放假休息。「其實我很享受一個人四處逛，可以隨心所欲，」姨婆苦笑，「但現在時時都很緊張。」多年來陪肥仔出入醫院，姨婆不怕辛苦，最怕有一天要入院的是自己。「我有事怎麼辦呢？（跟肥仔）一同住院？大家『鬥病』囉！」

步入花甲之年，姨婆身體大不如前，睡覺時手會麻痹，脖子又時時疼痛難耐……一身毛病，她卻從未求診。她更曾試過連續腹瀉嘔吐足足三天，都不敢去醫院，就怕被要求留院，無人照顧肥仔。「希望有個人可以交託，就不用太擔心……社區若有暫託服務，讓我可以做個手術、身體檢查，都不用彷徨。」姨婆漸漸年老力衰，肥仔的照顧需要卻不會減少。如何保障病者日後的生活質素，是每個照顧者每日都忐忑不安的問題。

我們更重視與病人
建立長遠的關係，
希望有**延續性**，
能夠在未來幾年甚至
十幾年一直陪伴病人。

—— 香港醫學會會董陳念德

4.3 漸漸消失的「屋邨醫生」

撰文：Sirius Lee ｜ 受訪：陳念德（香港醫學會會董）

跟少數「月球人」醫生位於昂貴地段的診所不同，香港醫學會港島東社區網絡主席陳念德醫生的診所位於不起眼的鵝頸橋底街坊福利會。每當重型車輛在上方經過，診室便傳來深沉的震動。陳念德在剛好能容納三人的房間內，細數地區醫生的過去與未來。

——

屋邨醫生式微後 家庭醫生的工作

陳念德畢業於八十年代，曾在公立醫院工作。「在機緣巧合之下，我和拍檔後來在元朗朗屏邨經營屋邨診所。政府當時有訂立屋邨人口與醫生的比例，屋邨會以相宜租金供診所經營。」當年香港尚未發展家庭醫學概念，但屋邨醫生卻是在實踐家庭醫生的理念。「朗屏邨那時候是新屋邨，有不少新婚家庭移遷入住，一個屋邨醫生便會照顧全家老少的健康。」

隨著不少屋邨商場於2000年代拆售予領展，屋邨醫生亦敵不過時代的考驗。「領展說要提升價值，其實即是提升租金，鋪位是價高者得。雖然這些屋邨診所租金仍是比市價稍低，但已經有同事因為租金太高而結束營業，屋邨醫生已經式微。」被問到現時是否應該重拾屋邨醫生模式的時候，陳念德指隨著社會進步，情況已有所不同。「以前是政府在屋邨安排醫生照顧居民，但現時更應教育市民有關家庭醫生的好處，讓市民自行選擇。」

陳念德在地區的服務除了日常應診以外，亦有負責香港醫學會的社區網絡。「社區網絡透過舉辦持續進修課程等活動，凝聚了一群地區內的醫生。這樣我們便開展了一系列的社區服務，例如舉辦健康知識講座、到社區會堂為長者做健康檢查等。」這些活動亦使地區醫生與社區建立了緊密的連繫。「因為這些活動而認識了區內的NGO，慢慢演變成醫社合作。如果服務單位發現病人出現健康問題，可以聯絡相對應的醫生作跟進。」

「重視與病人建立長遠的關係」

談到熱心家庭醫學與地區服務的原因，陳念德指，「我個人喜歡跟病人溝通多於只是醫治疾病。每個人的故事都有不同，這些病人的經歷對我而言都是有趣的。」在病人的角度看，「例如老人家通常都有多於一種疾病，不能逐個病去處理，這樣便需要跟醫生有比較人性化的關係。」這種想法得到舊同學的認同，「當年不少同學移民外國行醫，都指出外國的經驗證明了家庭醫學在社區的重要性。」

行醫多年，陳念德分享了不少難忘經歷。「有舊病人發現朋友近日鬱鬱寡歡，於是介紹她來見我。談到家庭背景的時候，得知她帶著女兒改嫁他人。當再聊得更深入的時候，發現丈夫對女兒行為不軌，但因她無經濟能力只能忍氣吞聲。她不知如何處理，因壓力而出現情緒問題。」面對如此情況，陳念德並非只是開藥或是轉介精神科醫生處理。「因為平日有跟NGO合作，於是我便把事件轉介專責相關事宜的社工，亦協作安排財務應急及安排女兒入住宿舍。」除了生離，陳念德也照顧病人的死別。「有位老人家患上末期癌症，希望有尊嚴地離世，想居家安老。於是我隔日便上門家訪，在最後時刻才送病人到醫院。病人因此不用承受很多不必要的治療，家人亦覺得能夠陪伴病人度過最後的時光。」

近年政府開始推行不少如疫苗注射、醫療券、普通科門診等公私營協作計劃，為地區醫生提供了不少機會。「政府門診的負擔得以紓緩，醫生收入增加，病人不用舟車勞頓求診，是三贏局面。」支持公私營協作計劃還有一個原因，「最重要的是病人都是由同一個醫生跟進，可以在社區發揚家庭醫學概念。」陳念德打開電腦記錄指出，「我有些參與公私營協作

計劃的病人，已經向我求診十多二十次，建立了一定關係。相反你到政府診所，每次為你診症的醫生都不一樣。」市民轉到地區醫生診所，是否能夠延長診症時間，令求診體驗有所改善？「我有時看病人的診症時間也只有五分鐘，但他會知道下次有事的時候可以跟我慢慢談。我們更重視與病人建立長遠的關係，希望有Continuty（延續性），能夠在未來幾年甚至十幾年一直陪伴病人。」

家庭醫學的未來

除此以外，陳念德近年亦有教授家庭醫學知識，而如何與病人溝通便是其中一課。陳念德分享如何告知病人病況當中亦有其「語言藝術」，「我們說話要有技巧，需要考慮到病人有沒有心理準備。例如當我們向病人解釋化驗報告時，表示身體出現了『細胞變化』，可以看看他能否領會。如果不明白的話，可以留待下次才說有癌細胞，這樣表達會更人性化。」雖然近年家庭醫學在香港得以長足發展，但投身家庭醫學專科的醫生數量並沒有明顯上升。「家庭醫學專科的晉升階梯相對較少，亦沒有牽涉尖端技術，難以吸引年輕醫生入行。」陳念德指出政府未來開設更多家庭醫學診所，並讓診所負責更多病況穩定的病人，都是專科的未來發展方向。

地區醫生的工作並非只處理病人的傷風感冒或轉介到其他專科。與病人建立關係、從病人的健康狀態找出問題根源、掌握社區資源和網絡、作合適處理轉介等，都是地區醫生的重要職責。一個醫療系統除了需要人們敬而遠之的醫院之外，也需要這些植根社區的「貼地」醫生，做好把關者的角色。

如果我**早些**知道，
我會用**更好**的方式
和他相處。

―― 認知障礙症照顧者阿明 （化名）

4.4 遺憾沒有和爸爸去旅行

撰文：陳綽姿　｜　受訪：阿明（化名）（認知障礙症照顧者）

在香港，如缺乏足夠金錢聘請看護或未能成功排期入住安老院舍，安享晚年實是一個奢侈的願望。在昂貴的安老服務以外，社區安老支援措施嚴重不足，政府倡議的「居家安老」政策願景更是無從說起。一般家庭需要面對的困難，並不容易解決。「幸福的家庭都是相似的，不幸的家庭各有各的不幸」，而阿明（化名）的故事，得由他母親去世說起。

照料腦退化症父親 壓力沉重

「我媽媽廿多年前已過世，我和爸爸兩個人一起住，家姐哥哥都已搬走。最近四、五年，他開始身體差、記性變壞。」原來腦退化症、認知障礙等症狀悄然出現在阿明父親身上。照顧腦退化症人士的壓力非常沉重，但阿明把一切都攬在身上。「其實我堅持不讓他進安老院的主要原因，是上次他去醫院時，第三日就開始失控、有暴力傾向。」腦退化症人士出現暴力傾向，源於缺乏安全感。「去年有段時間好嚴重，我工作不久他就打電話來，一天打很多次電話來，問我去了哪裡？叫我回來。」

腦退化症人士的日常生活須要細心照顧，否則容易發生意外。阿明說，「他以前會每星期自己乘車去找我哥哥。五、六年前，有一次他試過失足跌倒，把眼鏡跌破了，擦損了些許。我們都十分緊張，之後不容許他自己出去，我們會和他一起外出。我想他三、四年前，到九十歲開始就不再

自己乘車，但是不讓他自己乘車，他會忘記很多事情。」照顧不是禁錮，腦退化症人士須要適當的練習，才能減緩退化的速度。「他不用腦就會變差。他以前好多東西都自己做，身體記性都較好。我去洗衣服，他很多時都搶著洗，後來搶著搶著他漸漸不記得怎樣做。反而可能協助他做會好些，你要好像協助小朋友般去協助他完成一件事，可能會事倍功半。但如果你所有東西都幫他做完，可能最後是完完全全害了他。」

家住東涌 社區支援不足

照料父親，阿明面對的第一道難題，是區內的安老設施不足，尤其是他居住於發展未盡完善的東涌。「東涌發展了二十二年，但到現在社區服務仍然很差，社區規劃不平均。例如圖書館、體育館放在學校附近，但是東涌地鐵站這邊就沒有，而且根本不知道社區有沒有老人暫托服務。我知道有送飯服務，但在哪裡申請就不知道，而後來有了工人就沒有使用送飯服務。」其次，社工站在支援的前線，假如社工提供的支援服務不足，或導致有需要的家庭不知從何入手尋求協助。「曾經醫院轉介（醫務）社工給我，我和社工傾談，他卻敷衍我說『你知不知道你屋企附近其實有聖公會的老人中心，你可以聯絡一下。』他之後上網找了聯絡電話給我。如果社工可以專業一點、提供多些資料，家人會好受得多。最後我沒有找老人中心，因為我沒時間去。」

阿明的情況不是特例，不少個案均曾反映社工支援存有問題，導致病人家屬走了不少冤枉路。「到爸爸去世之後，社工曾打電話給我，我想他只是純粹『交差』，問有沒有東西要幫忙。我說沒有了、不用了。其實整個北大嶼山醫院的醫護大部分都好好，只是某一部分不好和科目（病科）不足。」

為了兼顧工作及照顧父親，阿明不得不聘請家傭協助。兜兜轉轉，經過連月等待、中介混水摸魚欺騙的經歷後，才好不容易找到合適的家傭。「他很快就接受了這個工人姐姐，幾日就願意讓她做很多東西，餵他吃東西都願意。我們原想爸爸會抗拒，但他又接受得到，真是人夾人緣，他們相處得不錯。我剛剛加了姐姐的Facebook，她都説想念他，還有上載合照。」

照料歷程崎嶇 社區支援網絡亟待加強

社區的支援網絡無助阿明解決照顧難題，最後仍只得透過私人方法找工人處理。「找姐姐，變了我不用這麼辛苦。當時我壓力好大，因為放工即刻要回家，外出一定要哥哥家姐回來才可以。或者公司要我出外公幹都只能拒絕。家人支持、同事支持都好重要。後來有姐姐我就可以安心去旅行。以前有人説姐姐一放假就叫救命，我請了姐姐後，她星期日放假我都覺得很悲慘。」

及後，阿明將個人經歷放到網上與人分享，交流經驗。「我開設了Facebook Page之後很多人找我傾訴。我發覺我不算犧牲很大，因為很多人的犧牲更大，只不過其他人看不到、沒放出來。例如有一個女生的爸爸住醫院，媽媽坐輪椅，一個女生要照顧兩個人，（兩個）都有認知障礙，我都覺得她好吃力。」家家有本難念的經，在能力所及的範圍，處理好自身的困難已屬不易。要根治問題，還得正本清源，從制度著手，建設更鞏固的社區支援網絡。

回望過去，面對崎嶇的照料歷程，阿明只有一事後悔莫及。「如果我早些知道爸爸有認知障礙，至少有幾次我不會發脾氣鬧他，會處理得好些。好多時，我會將心比己，知道他不想這樣，他根本無法控制自己。如果我早些知道，我會用更好的方式和他相處。而且，我很遺憾沒有和他去旅行。當我有時間的時候，他已經不能夠做到了。」

第 5 章

醫療崩壞，你我有責

公道一點說，醫療崩壞，不只是政府或醫管局的責任。作為醫療系統的使用者，我們有好好學習過嗎？還是把一切都視為理所當然，不自覺地成為虐打醫療系統的其中一人？

擔起公眾教育責任的媒體，又有做好它的角色嗎？

如何可以在覆診的

三分鐘內解決你的

問題，而你可以

開心離開，是一件

很重要的事。

—— 強直性脊椎炎患者李國光

5.1 帶着「問號」的病人人生

撰文：Tiffany Chan、Jason Tong ｜ 受訪：李國光（強直性脊椎炎患者）

「我93年開始發病，其實剛剛開始痛的時候，我自己都不太清楚自己的身體發生甚麼事。」這是李國光（Kelvin）故事的開端。「病情很反常，變化非常之大——有時候可能痛幾日，有時候可能幾日都不覺得痛。」Kelvin不僅是一位**強直性脊椎炎**的患者，他同時是一個病人組織的前會長。

腰背痛等徵狀在1993年開始出現，Kelvin四處尋訪普通科醫生和脊醫，病情毫無進展，他甚至不知道自己究竟是罹患了甚麼「怪病」。直至2000年，Kelvin終在政府骨科醫生的診斷下確診患上強直性脊椎炎。但即使在公立及私家的骨科跟進多年，每次醫生處方了一大袋的止痛藥，Kelvin的痛楚並沒有得到紓緩。在神差鬼使之下，他在2009年看到了一個有關強直性脊椎炎的電視專題節目。該節目邀請了一位風濕科醫生作訪問嘉賓，內容提及強直性脊椎炎的徵狀、診斷及治療方法等，他才驚覺自己的病需要求診**風濕科**而非骨科，「一直以為骨痛問題就應該去骨科，而骨痛所以醫生處方消炎止痛藥，邏輯上亦很合理。」

Kelvin於是去求診私家風濕科醫生，第二次覆診時已在醫生的建議下使用生物製劑，「我打了針半日後已經覺得痛症得到紓緩，感覺好像由地獄上了天堂一樣。」對症下藥後，Kelvin的病症一直控制良好，其後轉回公立醫院風濕科繼續覆診。

「有日我叫太太幫我影我身後面，就發現脊椎已經變彎了。我會想起如果那十幾年時間沒有如此折磨的拖延，可能都未會去到現在的地步，可惜已不能回復。」

回想當時，Kelvin覺得如果當年能早點認識自己的疾病，或在確診時能獲得更多的資訊，必定會幫助治療及減少當時的迷惘無助。「其實確診的時候都不太了解這個病，當時醫生有解釋一兩句，但自己又不懂要問甚麼，醫生講多少我就知道多少。覆診時間短加上資訊沒有現在般發達，所以那時以為是普通痛症。」

現在資訊發達，大家都擁有智能電話，在網路上檢索就能獲得各式各樣的資料。Kelvin表示現時對於病友的支援比當年有進步，「現在病人確診後會有風濕科姑娘跟進，亦有病人組織提供了一個讓病友相聚的平台，交流經驗及提供資訊，就算不加入亦能在網頁上獲得關於疾病及藥物的資料。」不過Kelvin亦坦言，資訊愈來愈多，衍生的問題就是錯誤失真的資訊亦愈來愈多。如何指導病人選擇正確的資訊，將是未來大眾教育的難題。

在每一千人中，有大約八人患有強直性脊椎炎，發病率相對於「三高」來說只是九牛一毛，因此Kelvin覺得自己的病在公立醫院的支援及資訊的流動沒有得到重視，「公立醫院對於高血壓及糖尿病的資訊宣傳有好多，但對於我們這類比較少見的疾病的關注度就比較低。可能醫護人員都擔心病人知道更多就會有好多問題問，前線醫護人員又沒有足夠時間去解答。」

「其實公立醫院常常說**病人增權**，但其實他們想病人知道多少資訊？高層想推廣病人增權又是否能配合前線的工作量及速度？」Kelvin笑言。

說完了醫院及社會的責任，Kelvin坦言，這二十多年患病求醫的經歷亦令他體會到，對於治病及疾病管理，病人也有一定的責任。Kelvin於2009

年的電視專題節目中得知有病人組織的存在，遂加入並積極參與會內活動，尤其是針對疾病認知及藥物的講座。「病人有責任強化自己對疾病的認識，例如當時有講關於生物製劑藥理的講座。病人要知道藥物如何幫助自己，而不是不理因由就這樣食了用了就算。」對於較年長的病人，Kelvin認為如果病人本身知識或認知水平較低，子女或親友亦有責任代他們去認識，以及陪伴他們去覆診。

對於覆診的三分鐘，Kelvin亦有自己從經驗得來的獨門秘笈。「其實看醫生都是一門學問，如何可以在覆診的三分鐘內解決你的問題而你可以開心離開，是一件很重要的事。」Kelvin的秘笈有三大重點。第一，開始對話前先跟醫生禮貌地打招呼，「我都明白其實醫生的工作都好苦悶，如果大家可以打下招呼令氣氛和平一點，會令大家之後的溝通暢順一點。」第二，日常要筆錄自己的一些異常情況及病情變化，到覆診時重點向醫生匯報，「現時覆診期長，如果不用筆記下，有機會到覆診時就忘記了。而且很多時覆診當天等候時間長，坐到發呆時已忘記想跟醫生說甚麼，到離開時才記起，但可能下次覆診已是半年後。」第三，如醫生有做檢查或解釋檢測報告，自己記錄下來，「在我使用生物製劑後，每次醫生替我做的檢查結果，我都會簡單記錄，看到自己一步一步向好，是對自己的鼓舞，亦增加自己對治療的信心。」

「我覺得雙方都有責任，」談到現時醫護「壓力爆煲」及醫患對立的境況，Kelvin覺得病人的心態需要調節。「在私家醫生方面，病人經常覺得私家醫生賺好多錢，感覺醫醫相衛，又覺得自己付了款就是客人。我會覺得，你有病要睇醫生，醫生賺錢是正常的，如果不賺錢誰去做醫生呢？」而在公立醫院的環境，Kelvin亦表示覆診期長及覆診等候時間長，不是短期內能夠改善，病人應予理解及體諒，「不會突然由等三小時變成半小時，就算私家醫生覆診都可能要等上一小時。如果病人對醫生態度惡劣，醫生

在情緒受到挑釁之下如何能心平氣和地看病呢？病人入得去診療室，就應該要相信醫生會幫助他，而不是『搞對抗』。」

「老實說，我又怎會不想醫生好呢？我又不懂治病，我將自己的生命交給醫護人員，我當然要相信他們。」

....

📖 小字典

強直性脊椎炎（Ankylosing Spondylitis）

強直性脊椎炎是一種影響脊椎的慢性關節炎。患者的脊椎骨關節之間的椎間盤，以及脊椎與骨盆之間的關節發炎腫脹，造成頸、背痛及僵硬。此外，脊椎亦可能會出現融合，令身體出現駝背的情況，嚴重影響活動能力，甚至造成殘障。雖然目前仍未有方法根治強直性脊椎炎，但適當的治療有助紓緩痛楚和減輕症狀，並預防可能出現的併發症。

資料來源：Mayo clinic. 2018. Ankylosing spondylitis.
https://www.mayoclinic.org/diseases-conditions/ankylosing-spondylitis/diagnosis-treatment/drc-20354813

風濕科

風濕科是西方現代醫學裡治理風濕病的專科。風濕病主要影響關節、肌腱、韌帶、骨骼和肌肉。常見的風濕病包括痛風症、關節炎、系統性紅斑狼瘡和多發性肌炎。

病人增/賦權（Patient Empowerment）

病人增賦權指醫療人員在護理、治療和康復等過程中透過不同方式，讓病人甚至病人家屬獲得或提升解決病症問題的能力，例如長期慢性病的管理、理解醫學資訊的能力。

原來我調低**底線**，
要求只會一再增加。

—— 普通科門診醫生 Jane（化名）

5.2 普通科門診的挫敗感

撰文：Kris Lau ｜ 受訪：Jane（化名）（普通科門診醫生）

「對，就是這樣這樣那樣那樣，所以，有時都會有點Frus（Frustrated，挫敗）囉！」年輕醫生Jane（化名）畢業數年，現時在某急症醫院的GOPC（General Out-patient Clinics，普通科門診）工作。個子嬌小，束起頭髮，黑黝黝的她，說話也如外表一般精神滿滿，語速很快，但清晰。或者這些都要「歸功」於GOPC的訓練，「每個病人，平均看六至八分鐘。」如何用最少時間，做到最多的事情，是Jane每天的課題。

Jane說，六至八分鐘的診症「大限」，基於逆運算子法，「GOPC的運作，超級Regular。朝九晚五，早上四小時，三十一至三十七人；下午三小時，二十四至二十七人。夜診的話，三十四至三十七人。」把病人代入算式，便得出每次看診每人只有六至八分鐘的答案，「當然，你可以看久一點，但就要在下個病症追趕時間。」被病人罵是小事，「你不能預估，到底下個病人（病情）會否也嚴重，如果一直超時，最後的病人就沒時間了。」

「三分鐘」的抱怨

「所以呢，有時聽到病人甫進來已經喃喃自語，『三分鐘三分鐘，又是只能看三分鐘』，也會有點Frus。」Jane說，現在已經習慣，不會再向病人解釋整個程序，「一來不能說，有同事試過向病人說，『每個病人都是六至

八分鐘（看診）』，換來一個投訴。二來，我花時間跟你解釋，不如診症，你也知道只有幾分鐘。」

也有些病人會抱怨醫生「正眼也不看他一眼」。「我也明白病人的不快，唯有盡量提醒自己，在病人進來時，先抬頭看看他們。」她解釋，醫生注視電腦，是因為實際需要，「病人進來前，我們已登入他的藥物版面，再看抽血報告，覆核他今天來看的病症，審視他的血壓、體重、現時在吃的藥⋯⋯假如病人同時在看其他病科，也要看紀錄，避免處方藥物時有衝撞。開藥時也要審視他的腎功能，或者之前有沒有試過胃潰瘍⋯⋯」她一口氣說個不停，「真的，如果不是有東西要看，我們也不想看著電腦。」

死板的編制和急促的診症時間，都不是Jane感到最無奈的部分，「其實病人要明白，他們來門診是看甚麼的。」在門診，病人可以粗分為「單次」和「長期」兩種。單次的病人，大都是一般的傷風感冒，「或者是年輕人拿病假紙，沒關係，我懂。」她笑說。公立門診主要的病人，多數是長期病患，如高血壓、糖尿病等，要定期覆診的，「大約佔了三分之二。」

普通科門診的挫敗感

以Jane工作的醫院為例，病人平均每十個星期覆診一次。「問題是，他們每次回來覆診，都會帶著一大堆新問題。」她舉例，一個高血壓病人回來覆診，主要目的是監察血壓。但病人往往會把這十個星期間，遇到的疑難一口氣奉上，「像是腰痛、胃痛、腳趾痕癢……」她說明白病人的困擾，但「有其他問題應該另外預約」，「因為只有幾分鐘，真的顧不了那麼多。而且一些看似小問題，像胃痛，也可以隱藏了大事，這麼急促的時間，我也會害怕看漏了。」

「也有些病人，喜歡把大疊大疊的報告拿來，讓我們解釋，」Jane不諱言，最讓她苦惱的，是「大陸報告」，「首先寫中文，我看不懂啦。然後大陸很喜歡做全身檢查。坦白說，有些檢查，我們也不知道是驗甚麼。」她嘆氣，「其實檢查後，應該要有人解釋，而不是只拿著一份報告就回來問醫生。雖然我體諒他們的擔憂，但至少預約另一個時間吧，你是來看血壓的。」

「GOPC」三寶的無奈

Jane完成Houseman（實習醫生）後，在醫院先做了兩年，在不同專科輪換，再去到門診。她說有些朋友早已經轉投私人市場，「做完Houseman其實已經可以去盈X、卓X之類的醫療集團做。」私人市場當然舒服得多，但Jane說還是希望待在公營醫院，可以幫到更多有需要病人，「現在公營也有家庭醫學的訓練，我們會從中學習診症和溝通技巧，也想在這方面一直鑽研下去。」

打擊年輕醫生的，是「GOPC三寶」，「即是咳藥水、眼藥水和止痛藥。前輩曾說，病人來這兒，一定會要求這些。依我的觀察，大約五成吧。」一直強調要體諒病人的她，終於有點「小爆發」，「其實我真的不明白，你來看醫生，也是想尋求意見吧。我看過，告訴你不用眼藥水，你又不滿意。你到底是來拿藥還是看醫生？」

「你說要咳藥水，我也要看看你有沒有咳吧。診症也是醫生的專業，但有些病人會覺得，付了50元總要拿點東西走。算是『贈品』嗎？是不是要像以前那些遊戲節目，任你一隻手能拿多少算多少？」

她以診症的語速，繼續申訴，「當你說不開藥，他們就生氣，說為甚麼留難他，為甚麼不醫他，為甚麼他鄰居有藥他沒有？安撫他之後，過了那六至八分鐘，又跑掉了。」「又有些長者，十個星期回來覆診，只是想拿一支冬青膏。也罷，但你說可以處方，他就說要兩支。」她一副哭笑不得的模樣，「『上面』有指引，每張藥單，同樣的藥只能發一份。到我跟藥房說，要他們幫忙多開一支，病人拿到藥後，下次就會說開三支……」

「原來我調低底線，要求只會一再增加。那為甚麼我不執正來做？真的好Frus！」已數不清是第幾次聽到這個字了。

"大家對於健康的認知僅限於
度高、磅重、量血壓，
不會自我管理，
未到死都當作無事，
但健康應該More than that，
應該更遼闊。

—— 註冊社工張燕媚

5.3 基層的自家治療偏方

撰文：陳綽姿 ｜ 受訪：張燕媚（註冊社工）、
張健儀（註冊社工）、吳珊瑤（註冊社工）

走到「老人區」觀塘，越過翠屏道車來攘往的迴旋處，環繞翠屏邨一圈，殘舊失修的公屋左右並排而立，燈光半明半暗。街市的腥臭氣味，混雜在路邊的巴士和的士的廢氣撲鼻而來，擦肩而過的多是六、七十歲的老街坊，映照出香港公屋環境的日常。座落於其中一座大廈的地下，循道衛理觀塘社會服務處神愛關懷中心伴隨着整條翠屏邨，默默地服務區內的基層人士和貧窮家庭。

張燕媚（Ave）、張健儀（健儀）和吳珊瑤（Sanyo）是該中心的社工，負責社區食物銀行服務，提供緊急食物援助予貧困人士。Ave形容，這班街坊在**社會梯度（Social Gradient）**裡處於基層的狀態，「所以他們最能彰顯 Health Inequalities（健康不公平現象）。他們是最差的那一群。」低收入、居住環境惡劣、教育程度偏低、衛生觀念不佳，受多個「**社會決定因素**」（Social Determinants of Health）影響，自然容易多病痛。

—

求醫？不求醫？

他們的求醫情況卻見極端，「除非生命受到威脅，否則大人有病通常『拖得就拖』，自己食藥或跟從偏方，」健儀說起大人和小孩的對比，「但小朋友一病就『好大件事』，不分大小，都一定要看醫生。」「還要立即見效、

有反應，不能等到第二天。」據Ave分析，對家長而言，孩子有病看醫生是反射行為，寧願自己捱，都要把最好的東西給下一代，視子女如「金叵羅」才算稱職。「其實所有家長，有錢也好沒錢也好，都是以這樣的態度對待小朋友。」

觀塘有好幾間診所，但有些街坊偏偏會跑到另一區求醫。「道聽途說，『那個醫生一定醫不好，找另一個啦！有個醫生好勁，似神醫，一定要去』，當他們聽到朋輩這樣介紹後，就會一窩蜂去那邊求診。」街坊主要光顧私家診所，是因為被繁複的公立診所求診程序嚇怕，也是因為對於公營系統持有偏見。Ave表示，「老一輩的始終會認為政府『冇好嘢』，免費醫藥的質素一定差點，都是垃圾藥，醫不好的。私家一定好些、安全些。」

數百元的醫生費對部分基層人士來說始終是負擔，要省錢唯有用自家偏方。Sanyo分享，不少中老年的新移民習慣服用大陸藥物，若然生病，會特意返回或拜託朋友在大陸購買成藥。Ave曾看過那些成藥的說明，但「不知所云」。「他們認為香港的藥沒有效果，反而大陸的藥『勁啲』。」她補充，「他們牙痛、身體不舒服也會在大陸就醫。」健儀坦言，「相較香港，大陸醫療費用便宜很多，基層人士負擔得到。時間又快，香港要排太久了。如果在大陸醫過一輪真的處理不了才回港治療。」

—

沒法打破的迷思和謬誤

她們與街坊頻密接觸下，不難發現基層人士對健康資訊抱有許多迷思和謬誤。

食物銀行除了派發乾糧如米、麵、雞蛋等食物外，在有醫生紙的前提下，也會提供奶粉或補充劑予一些病患者。「有次，有位孕婦問，『我懷孕了，我可不可以要孕婦奶粉？』」Ave那刻十分好奇，連串追擊，「我問她，『知不知道甚麼是孕婦奶粉？營養過剩怎麼辦？為甚麼要奶粉？』，『因為我瘦囉！我瘦我懷孕，所以要補、要飲奶粉。』」追本溯源，資訊從何而來？「廣告囉！那些『葉酸乜乜乜』……」Sanyo和健儀異口同聲地說。「我就會直接告訴她，不要過分相信那些廣告，平日均衡飲食就足夠。不夠鈣的話，飲牛奶也可以。」

後來，又有一班十六歲以上的超齡兒童向她們索取奶粉。「這些奶粉廣告太大影響了，令他們覺得不飲奶會死、會長不高。」「覺得飲了，會變聰明。」「他們又會互相比較，見到身邊的同輩長得強壯一點就會覺得自己太瘦、不夠營養。見到其他街坊飲，所以他都要飲。」「好多時小朋友並非偏離生長線，純粹街坊不滿意自己兒女身材矮小。其實，如果醫生身體檢查時發現真的營養不良、過輕，就會立刻轉介營養師。」她們曾嘗試教街坊用其他有效的方法代替，「但最後他依舊堅持『我好瘦、不夠營養』，覺得奶粉夠多糖，是最好的。」固執的想法，直教人氣餒。

健儀再舉例，有些五、六歲的小孩仍然依賴嬰兒奶粉。「主要是因為媽媽處理不了那小孩，不懂Parenting（育兒）。當孩子不飲奶時會變得頑皮，那就用奶粉使他安靜下來。孩子不肯自己吃飯，而媽媽又不想理會，覺得麻煩，就用最快的方法—奶粉解決。」使用奶瓶飲用的習慣也導致這班兒童蛀牙問題嚴重，「他們會說『乳齒爛了就換恆齒囉！都是一陣子，之後都會甩啦！』」她對這種置之不理的態度感到十分無奈。

醫生永遠是對的

「其實醫生也有責任。」對於飲用奶粉的誤解，健儀認為醫生責無旁貸，「有些老街坊身體機能退化，他問醫生怎樣做時，醫生可能簡單一句『你可以試試飲』。細問之下，背後的意思並非指他必須飲，『不是一定要飲，但件事無壞，我只是建議，他可以自由選擇』。醫生這樣說可保障自己，但對老人家而言，醫生有權威，醫生說的話一定是好，所以醫生建議的事都一定是好。於是他會覺得一定要飲，飲完身體好，飲到老。」

Sanyo也回應，她會耐心地向街坊解釋，如果沒有醫生紙，中心不會提供奶粉。「如果醫生肯寫，即證明你必須飲，否則對身體有影響。如果醫生沒有寫，即代表你沒有這需要。」聽不聽從勸告？「都是那句，『醫生不肯寫醫生紙，但醫生叫我飲……』，就算我們不給他們，他們都會自行購買。」甚至隨之在街坊社群掀起熱潮，「全部都以訛傳訛，個個就跟著飲。」

社區健康教育 朋輩力量不可缺

小孩渴求奶粉，孕婦渴求奶粉，老人家渴求奶粉，人人愛奶粉，「『我不要食物，我要奶粉！』」Ave笑言，「中國人傳統觀念就是以形補形，缺哪樣補哪樣，在心理上會好點。」道聽途說，以訛傳訛，試盡不同神藥偏方，為的就是「求安心」。即使沒有功效，但至少可以紓緩不安的心理狀態。「有時基層街坊心理狀態偏弱，加上分析力低，不會明白專業知識，容易跌落陷阱，所以讓他們掌握正確資訊是重要的。」這時候，朋輩就成為很大的助力，「朋輩的影響力真的很強，強過我們眾人之口，街坊好難抗拒。」她們相信，大概要培育十多個街坊領袖，一起拆解迷思，才能打破群組裡那些千奇百怪的謬誤吧。

Ave直指，香港的社區健康教育落後，「大家對於健康的認知僅限於度高、磅重、量血壓，不會自我管理，未到死都當作無事，但健康應該More than that，應該更遼闊。」如此，她們嘗試多走幾步，正在積極地籌備「幼兒護齒計劃」和「氣管敏感預防計劃」，推廣健康教育，期望提高街坊對個人健康的關注，改善生活質素。

「其實基層很重視個人健康，只是不知該如何正確地回應。」

📖 小字典

社會梯度（Social Gradient）

社會梯度指從社會經濟狀況（大多以收入、教育程度和職業定義）的頂端延伸到底部的光譜。一般來說個人的社會經濟地位愈低下，其健康程度就愈差。

資料來源：世界衞生組織。2019年。健康問題社會決定因素。
https://www.who.int/social_determinants/thecommission/finalreport/key_concepts/zh/

健康問題社會決定因素（Social Determinants of Health）

社會決定因素是人們出生、成長、生活、工作和進入老年時所處的環境，以及為應對疾病制定的系統。這些環境受到經濟、社會政策和政治方面一系列更廣泛力量的影響。

資料來源：世界衞生組織。2019年。健康問題社會決定因素。
https://www.who.int/social_determinants/thecommission/finalreport/key_concepts/zh/

我們沒有盡我們的責任，
去**解釋**給讀者聽。

—— 資深醫療記者姜素婷

5.4 媒體的責任

撰文：Kris Lau｜受訪：姜素婷（資深醫療記者）

姜素婷的名字，在社會大眾間不算響亮。但問起稍有年資的記者，很多人都能立即回答，「跟醫療那個（記者）嘛。」姜素婷在不同報章擔任醫療記者超過十五年，現在自由採訪，也創辦醫療新聞網站。她說，假如將來聘用記者，會提出三個要求，「第一，不要做即時新聞。第二，採訪回來不一定要寫，垃圾寫來做甚麼。第三，可以的話，回來再做一點筆記，再聽一次錄音。」環顧今天的媒體生態，還秉持這些想法的，可說是「古老石山」。她也再三提過，自己是老派新聞人。

香港的新聞，就是欠了一點老舊。

姜素婷1989年到台灣唸書，入讀政大新聞系。但她坦言，選擇背後沒有甚麼政治原因，只是出於現實考慮，「選台灣因為便宜，」她家境不算富裕，母親在製衣廠工作，父親則在工廠大廈當保安。選校的首要，是不增添家中負擔，「忘記了是兩萬元（學費）一年，還是半年」，「台灣訓練出來的記者也有口碑，雖然政府不承認（學位），但報館是承認的。」

報館內港聞記者的發展，新人通常會先做「雜Beat」，簡單來說即是跑腿，透過跟進各類型新聞，學習不同的知識。累積一定經驗後，再依專長、興趣和公司的安排編入不同的「Beat」，如醫療、教育、政治等等。姜素婷笑言，那個年代的記者，自主的想法，其實不及現時的新人，鮮有自己選「Beat」，「當時不流行上司去問你想做甚麼。」

記者要看Journal

她説，起初根本沒想過要跟醫療，「當時他們的醫療記者，叫蔡玉萍，即是現在的中大社會學教授，她要到牛津讀博士。醫療就空了一個位。」回憶當時，她説不但興趣不大，甚至害怕應付不來，「我很記得，當時叫我做醫療Beat，我腦海中就浮現，甚麼「Ology」（不同病科，如心臟科即為Cardiology），」「我浮現這些字後，立即跟上司説，這些字我不懂，我真的這樣跟上司説。」

被編入醫療組，不會就馬上變成醫療記者。令姜素婷「開竅」的，是一位香港大學的教授，「我很記得他問我，你會不會看Journal（學術期刊）。」「他好像爸爸一樣，説你做記者要看Journal，不如這樣吧，我把你的名字交給家庭醫學學院，讓他們定時寄Journal給你。那是我第一次接觸醫學Journal。」

她笑説，雖然醫學院一直串錯她的名字，又似乎一直誤會她是醫生，但教授的承諾到現在依然履行，「我一直到現在都收到。」

姜素婷最為同行熟悉的，是她對醫學知識的理解。有記者甚至説她的知識堪比醫生。她説這全都要歸功於看論文的積聚，「其實以我當時的英文程度，或對醫學的理解，我是不會看得懂。」她坦言，「但不知為甚麼，我有空就看看，有空就看看……」然後，就看懂了。她有一段時間，甚至會訂閱《刺針》（權威醫學期刊），「就一些社會議題的文章，我看得懂。」

醫生也會錯

說著，她拿出幾本厚厚的書，邊介紹這些書是給醫科生看的，「這些書再貴也值得買。因為你不看的話，不知道醫生在說甚麼，不知道醫生的思路是甚麼。」在她看來，醫療記者是醫學界與社會大眾溝通的橋樑，「你要知道醫生想甚麼，又要把平民的想法，在訪問時與醫生交流。」

但能做到這一步的記者，愈來愈少。「現在的記者會，中大很多時候都會提供Research Paper（論文），有些行家，可能Junior一點，或者是害怕，會說你給我也看不懂。」這是記者的自我放棄，「你真的嘗試去看，你總有東西會看得懂。」

欠缺醫學知識的另一個問題，是不能看出受訪者的錯處，「醫生也會錯。」她直接地說，「這千萬不要排除在外，有些行家認為他們是專家，說的就是對的。未必的。」「有一次，我訪問皮膚科醫生，是說防曬劑的測試標準。每平方厘米塗多少克的防曬劑，他弄錯了單位。」要做到新聞的查證、求真，靠的便是日常的學習，「你懷疑醫生錯的一刻，可以再問他。」

即時新聞破壞報道質素

增進自己的知識、懷疑受訪者、求證……這些新聞的基本，在所謂新世代的媒體，早已分崩離析。姜素婷說，很多美國的醫療記者，為了增進知識，會再修讀公共衞生碩士，或是科學新聞碩士。但香港的媒體生態實在太忙，別說進修，連好好準備一場記者會也不容易，「我覺得現在醫療採訪最大的問題，很慘的問題，是同事們每個都要做即時新聞，一邊做記者

會，教授的説話未聽完已經在打稿。」如是者，報道必然水過鴨背，「會錯過一些，你可能會深思到，再進一步問教授問題的機會。」

訪問時，香港爆發麻疹，同時醫委會正陷於引入海外專科醫生的風波。姜素婷説，當人人拚命追新聞、趕即時，自然不可能再去深思報道，「我覺得是整個大環境讓人無法做到。例如現在港聞做醫療Beat，這幾日做麻疹，做醫委會，都瘋了。」

如果説記者太忙，難以深入報道，還是帶點同情和無奈。但一些不實健康資訊的泛濫，則是令她不忿。例如最常見的，「吃某某Super Food可以減少患某病機會」「這樣寫是錯的，只不過是找了一個關係，這樣是誤導。」她儼如學者，「Causation（因果關係）不是這麼容易建立的。因為A導致B，其實這是沒有甚麼養份的知識，甚至有誤導。」「這些都是流行病學研究，受訪者可能一、二萬人，他在一、二萬人的問卷中，抽取一些資料，看看哪一種食物有甚麼效果。」這些研究，其實只是在為下一步的研究提供假設，但媒體已經照單全收，「我們沒有盡我們的責任，去解釋給讀者聽。」

我們判弱了讀者知情權

嚴謹的報道，大眾會不會吃不消？翻看姜素婷在網站的報道，最新一則是關於乳癌藥物的。報道不是甚麼「新藥面世，乳癌治癒率大增」，而是質疑該藥物是否真有大效果。報道內援引不同學術文章、專科醫生訪問，以及對比實驗結果等等，甚至列出每個資料來源的利益衝突。

這樣的文章的確毫無破綻，但從吸引眼球的角度來看，當然不及「新藥十一天治好乳癌」。姜素婷認為，香港新聞界不願意寫出醫療研究的限制，並解釋內容，削弱了讀者知情權，「我們有一個盲點，覺得如果都寫出來，好像削弱了報道的新聞性。」她每年都會參加美國醫療記者的會議，說在美國，盛名如美聯社的醫療報道，都會把研究的限制和不確定部分詳列，「你不會覺得新聞性有削弱。只是我們的Mindset（心態）覺得，寫了下去事情就會『好流』，所以不寫，其實不是的。」

然而，姜素婷的報道，看過的人數，必定遠遠不及「每天吃橙可以預防癌症」之類的資訊。要做一篇如此嚴謹的報道，需要時間、資源，以及資深的記者。而這三樣，都是目前新聞界最缺乏的。

媒體的責任不只是傳播資訊，更應傳播正確的資訊。在現時的架構下，能做到嗎？

媒體的責任

終章

點算呀，你個嘢壞咗呀——
現時醫療困局與未來

撰文：公共衞生研究社

世界衞生組織於2010年發布的《世衞組織衛生系統戰略》中整理了六個衞生系統要素，包括醫療人手、藥物及醫療用品供應、醫療服務、健康信息系統、醫療融資，以及領導和管理，以改善人口健康、提高系統的效率、應變能力[1]及減低使用者使用系統之風險[2]。六個要素環環相扣，缺一不可。雖然沒有一個國家的醫療系統是完美無缺，可以普世通行，但如果我們放眼世界，會發現香港在各項要素均存在很多根本性的問題。

本書嘗試透過受訪者的故事，呈現關於醫療人手、醫療融資、領導及管理的弊病。無數的研究和海外例子告訴我們，一個較理想的醫療系統，不應出現如斯情況。解決這困局的方法並非遙不可及，受訪者中，亦有人自行嘗試。民間的努力，令我們看到一線曙光。

如果你太累，及時地道別沒有罪

眾多圍繞醫療系統的問題中，醫護人手短缺無疑最受注目。疲累甚至過勞的醫護，是制度下的受害者。為了勉力維持系統運作，他們無私地犧牲：個人健康、家庭生活、私人時間……每位受訪者都流露出對體系的失望、不滿和憤怒。我們理解，還留在公營系統的同工，都是在「捱義氣」，「做到多少算多少」，以個人的力量填補制度不足。

相對於世界其他地方，香港醫護人手嚴重短缺，其中以醫生為甚。根據2016年的政府數據，香港每一萬名市民只有19名醫生[3]，與塞浦路斯、巴哈馬、吉爾吉斯坦等發展中國家相若，遠低於新加坡每一萬名市民有23名，英國28名及澳州36名醫生[4]。護士及助產士方面，每一萬名香港市民有約78名護士及助產士[3]，雖比新加坡的72名為多，但仍比英國的83名，澳州的127名為低[5]。加上公私營比例失衡，只有約一半醫生及四分三護士，受聘於處理九成住院病人的公營系統。如此環境，再有熱誠的人也會倦怠。

此外，僵化的人力制度，不能滿足員工在不同人生階段的發展需要，亦加劇人手流失。面對無止境的工作量，同工不同酬，醫護及專職醫療同工的權力失衡等制度性問題，或許連「超人」也無法忍受。

編寫本書之時，香港社會正討論，如何吸引海外醫生到港執業，以紓緩公立醫院人手壓力。然而，人手問題非一日之寒，引入有質素及能力的海外醫生，固然可稍解決燃眉之急，但若制度拒絕與時並進，前線人員沒有得到適切的支援，惡劣的工作環境，必然無法吸引人才留守。當失血量大於輸血量，人手問題永難拆解。

解決人手荒的方向

綜觀全球，各發達國家均在某一程度上，面對醫療人手不足。就此，各國亦絞盡腦汁，尋找解決方法。例如英國國民保健署（National Health Service, NHS），便於2019年年初，發表長期計劃（Long Term Plan）。當中以「員工將得到他們需要的後盾」為題，大篇幅地闡述各種紓緩人手問題的方案[6]，包括以招攬海外醫療人員，作為短期應急措施，長遠則增加醫療相關學額，確保能自給自足。

同時，報告亦提出各種改善工作環境的方案，包括增加資源，照顧醫護人員的身心健康，改善相關制度，以切合同工發展需要及晉升機會，善用科技提高工作效率、提升領導及人才管理等。上述方案，正正對應本書受訪者提出的各項訴求。如此看來，紓緩人手問題的辦法已在眼前？

事實卻不然。公道地說，本地政府並非一無是處，在其政策規劃中，亦有嘗試解決問題。例如增加大學醫科生學額，都是有實在進展的工作。然而，醫療系統內的各個問題互相影響，諸如人口老化之類的大題目，更需要與社福系統、甚至教育系統協作，才能全面地審視和處理。

即使香港政府願意參考外地經驗，假如各部門依然各自為政，或欠缺打破官僚，衷誠合作的決心（例如非政府組織提供健康服務時，即使病人同意，仍無法全面獲取其病歷，便牽涉到醫管局、食衞局和勞福局的協作），各項政策只會淪為「頭痛醫頭、腳痛醫腳」。

上醫醫未病之病

本書受訪者的挫折和不滿，大都歸因於系統，非個別人員以一己之力能夠解決，即使身處局長高位亦然。「無力感」成為近年香港的熱門字，在醫療上同樣能應用。早在二十年前，香港政府委託美國哈佛大學，分析香港醫療服務和融資系統所作的研究報告（《哈佛報告書》）指出，儘管醫管局的成立慢慢地改善了公營醫療服務的質素、市民和前線醫護的滿意度，以及藥物採購的經濟效率，但系統「整體極度區域化」（Highly Compartmentalised），而且過分強調醫生（尤其是專科醫生）的重要性，故整體效率並沒有明顯提升，醫療服務的質素亦良莠不齊（例如缺乏監管的私人診所，和沒有持續受訓的私人普通科醫生）。更重要的是，依賴

稅收運作的公營醫療融資模式，其可持續性「非常值得懷疑」（Highly Questionable）。

報告強調，醫管局成立首十年所推行的現代化管理模式、先進的信息系統、標準化的醫療記錄，和逐漸建立的、以病人為本的醫護文化，為香港醫療系統打下良好根基。但要面對未來人口健康的種種挑戰，我們必須改變已經「過時」（Outdated）、過分依賴醫生、醫院及治療的系統，以公共衛生（Public Health）及基層醫療（Primary Care）為核心，推動綜合護理（Integrated Care），加強不同醫療專業的分工合作，更有效率地運用有限的資源，同時持續研究醫學治療技術，改善整體人口健康。

其後政府多次嘗試改革醫療系統，惟社會各界對改革方案爭議不斷，互不相讓，導致多年來原地踏步。二十年過去，《哈佛報告書》大抵能改名為《哈佛預言書》，堪憂的問題已經迫在眉睫：人口急劇老化、生育率持續低落、醫療成本上漲、公營系統醫護人手愈見短缺、醫療系統面臨經濟危機，及市民和醫療專業對公營系統不滿漸長。

諷刺的是，解決困局的良方，遠在《哈佛報告書》之前，已在中華文明傳統智慧之中。中醫學經典《千金要方》有曰：「上醫醫未病之病，中醫醫欲病之病，下醫醫已病之病」。一言概括之，即是預防勝於治療。本港醫護人員向來是社會上出類拔萃的一群，在全球醫學界有一定的地位，很難想象他們甘心成為「下醫」。

一葉知秋，從本書的訪問中可知，醫護人員大都渴望改革，甚至不約而同地，提出類似的改革方向，例如重新平衡公私營服務比例，加強不同醫療專業的合作等。

真的要去醫院嗎？

香港醫院匯聚頂尖醫護人員和最先進醫療儀器，是面對各種奇難雜症的最後防線。可是，現代人口的健康問題比以往更複雜，已非單靠醫院或前線醫護人員可以處理或解決。例如，一位老人家經常因為在家中跌倒而進出急症室，醫護人員只能幫忙處理傷口、治療骨折等，其根本原因，可能是浴室沒有安裝扶手及防滑設施，因此應幫助他落實相應的預防措施，以防止他一再入院。近二、三十年的國際性研究均顯示，除了個人因素，如遺傳、個人生活習慣外，教育水平、工作和居住環境，甚至城市發展等社會及經濟因素，均與我們的健康有著密不可分的關係。數項研究估算，社會及環境因素為高達57%疾病的主因[7]，而這些因素特別影響擁有較少資源的基層市民，造就不同階層間的健康不公平[8]。這意味著大部分於醫院裡看到的疾病只是問題的表徵，而這些問題均由大量而廣泛的因素建構而成。

因此，要根本性地「治病」，就如范寧醫生（請參閱第三章）所說，單靠醫護界並不足夠。要紓緩現時人口健康為醫療系統帶來的壓力，不同專業必須攜手合作、互補不足，建構一個更全面、更廣泛的人口健康制度。

基於一系列圍繞上述議題的研究，英國原來的衛生署（Department of Health）於2018年正式正名為「衛生與社區保健署」（Department of Health and Social Care）。儘管基本職責沒有太大改變，是次改動確立了健康服務亦涵蓋社區保健，同時正式將傳統醫療界與更廣泛的社區服務連結起來，推動更全面的人口健康。

最容易理解的例子是精神健康。現代人精神健康狀況惡劣，精神科醫生和藥物固然有機會幫助嚴重的個案，但未嚴重至需要使用藥物卻逐漸惡化的

個案呢？他們需要的「處方」或許不是藥物，或許是認知行為治療（Cognitive Behavioural Therapy）、靜觀練習（Mindfulness Practice），甚至是一些與人連結的活動，認識新朋友的機會，讓他覺得自己有價值的時刻。精神科醫生人手短缺，服務收費可謂「一寸光陰、一寸金」，而且以上的「處方」反而更為心理學家、社工、地區組織等所熟悉。倘若醫療系統能加強跨專業合作，若果我們對醫療的想像能穿透醫院的牆壁，我們或許能減少在傳統醫療系統內不停輪迴受苦的人。

—

分流、分工、回到社區

專業分工近年時常被談論。當社會著眼點在於「醫護人手不足」，更值得我們深思的，是在醫生以外：護士、藥劑師、物理治療師等十多個專職醫療，如何發揮各自專長。2019年香港有關「海外醫生」的討論，重新勾起了香港醫療專業與英聯邦國家的一段歷史，而其實英聯邦國家在醫療人手改革的路上，早已比香港走得更遠。在英國、澳洲、加拿大等地，護士、藥劑師等都得到充分充權（Empowerment），在社區擔當獨當一面的基層醫療角色。

以護士為例，英國國民保健署在前首相貝理雅任內，大力發展護士職能，由處方藥物、處理門診、以至轉介病人。他們的專業知識得以發展，被認可為Nurse Practitioners（執業護士）、Nurse Consultants（顧問護師）、Clinical Nurse Specialists（專科護士）或 Advanced Practice Nurses（資深護師）。在澳洲，註冊護士取得碩士學歷，累積三年進階臨床經驗後，可申請澳洲護士及助產士理事會認證的Nurse Practitioners資格，可以在醫院或社區上擔當有別於傳統護理的職能，例如處方藥物、轉介病人或接受轉介，和要求及解釋病理報告或放射報告。研究發現這些高階護士

能夠減少病人入院、節省開支，在保證醫療效果之餘，甚至取得更佳的病人滿意度。

回到香港，縱然本地亦有研究發現，護士主導的高血壓管理成效，不比醫生諮詢遜色[9]。然而，暫時香港並不存在所謂的護士專科。香港的註冊護士制度中，除普通科外，只有精神科、弱智科和病童科另設專科。其他諸如心臟科、兒科等經常聽到的所謂「專科」，都只是位於醫管局 Advanced Practice Nursing（APN，資深護師）的制度之下。雖然的確能讓護士於某些專科病房學習並提供更專門護理，但在法制上並不存在「專科護士」。儘管如此，香港仍有不少護士努力去發揮自身潛能，這些例子亦正好可以作為參考，讓政府再思考護士在未來的發展。例如「銀鈴護士站」之類的，扎根於屋邨，定時為居民提供健康諮詢和檢查的服務，便正正能發揮護士的溝通和護理特長，並且在基層醫療層面，達至管理慢性病，促進健康的效果。而香港護理專科學院亦建立了一套近似於臨床心理學家、在港的「社區認證」專科訓練模式，讓護士通過訓練、學習和實習，在不同的專科領域考取資格。雖然未被定為法定架構，但在政府已首肯發展護士專科認證的前提下，可望是專科護士資歷得到立法認可的前奏。長遠以後，亦可望讓其他專業分擔醫療系統的負擔，減少輪候時間去使用專業服務。

專業分工以外，社區為本的服務亦十分重要。沒有病人喜歡長留在擠迫而陌生的醫院環境，待病情稍為好轉後，都希望回到熟悉的家中休養。此時，社區照顧便承擔起輔助離院病人及其照顧者的功能。可惜的是，在香港政府的架構之中，醫療系統和社會福利系統分別由兩個不同的政策局主理，服務之間發生斷層，未能「一條龍式」為離院病人，安排充分的社區支援。

在英國，Discharge Pathway（離院路徑）保障有需要的病人能由住院病房過渡到社區照顧，但在香港，所有服務都比較分散，得到多少服務，基於病人是否能遇上有心的負責人，或是否住在政策配套資訊較完善的地區。

香港需要有一個以照顧者為本位的評估機制，給予他們一個清楚的資訊和服務方向，令現有服務切合照顧者和被照顧者的需要，亦令他們更容易得到服務，同時令照顧者使用服務時，可以連結起來，建立照顧者社群以互相支持、交流經驗和資訊，補足官方照顧服務的缺口。

事實上，香港現時已有不少社福機構在提供相關服務，同時亦有一些社會福利署資助的項目，例如長者中心，去支援長者健康。可是，服務的需求與供應還有一定距離，而這些服務與醫療系統的聯繫鬆散，亦缺乏預防疾病的面向。展望未來，必須加強社區和其他專業在維持人口健康上的角色，與醫護合作，共同為香港人的健康努力。

箇中細節，包括如何在現行制度上加強雙方的融合，傳統醫療系統及醫院如何更好地與相關社福服務連結，我們該如何量度其成效等，本地及外國均有不同的例子供我們參考。但仍需要跨專業和社區的深入討論，並嘗試去評估，找出哪一種服務模式最能照顧人口健康。

公眾教育是改革關鍵

要推動醫療改革，除了醫療專業和從政者的共識，公眾教育同等重要。醫管局成立多年，本港市民早已慣於視醫療系統為治療的提供者，而非健康的促進者。公眾教育的關鍵是讓市民理解基本健康概念，及醫療系統的基本運作，賦予他們收集、理解和運用健康資訊，及使用各種醫療服務的知識和能力，令他們能夠成為自己及家人健康的管理者。其中基層市民在健康上的風險最高，故對他們的教育尤為重要。

現時的健康教育主要基於信息傳遞，旨在透過提升大眾對不同健康概念的認識，從而推動行為改變，例如癌症篩查的重要性、適當使用抗生素、辨認中風或心臟病的徵兆、基本急救的普及，以及關於均衡飲食、定時運動等老掉牙的概念。這些議題驟眼看來，與醫療系統不太相關，但在預防疾病和及早偵測診斷、及早治療等方面卻至關重要。

健康教育的難度，在於市民大眾對不同概念的理解亦有不同。對於過分新穎或者與「民間智慧」有衝突的議題，例如傷風、感冒不應使用抗生素，很多人會嗤之以鼻；對於從小接收的概念，例如均衡飲食，大部分人亦有聽沒有懂。刻板的信息傳遞難以成功，我們需要的是實證為本（Evidence-Based）的推廣手法和真正的充權。可幸的是，政府及民間組織近年已經開始從乏味的信息傳遞，慢慢轉移到更為生動有趣的社交媒體宣傳（如受到市民喜愛的大嘥鬼），但這些新穎的推廣方式能否有效地接觸到最需要充權的基層，仍是存疑。

要將醫療系統的核心從治療轉至預防、從醫院轉至社區，讓大眾認識醫療和社福系統及服務的基本運作是另一重點。期望市民大眾充分了解複雜的醫療系統，無疑緣木求魚。重要的是，市民要知道從醫生、護士、專職醫療人員，到醫務社工等各個界別，在健康管理路上所扮演的角色，並且在不同階段，與不同專業合作。例如當身體出現某些症狀時，是否能稍待，隔天去看家庭醫生，而非立即前往急症室；當自己需要精神健康的支援時，該到哪裡求助等。

這些都是非常微妙的問題，並與不同的專業人員之間明確的分工和賦權，以及社區有否足夠及全面的基層醫療、社福服務密切相關。如果醫療系統改善之時，人們仍然堅持他們慣常的就醫行為（Health-seeking Behaviour），系統將無法被充分利用，也不可能達到預期的分流和減低醫院使用量的目標。醫療系統改革的同時，大眾對人口健康和醫療保健系統的理解必須同步改變，才能與之相輔相成。

結語：不要讓它再爛下去

我們不難留意到，各個界別都已經察覺到醫療系統的問題，現時社會需要的是更多討論。政府承諾開展的地區康健中心，可望成為改變醫療體系的開端，前提是我們必須好好討論其角色與定位，以及監察各中心成立後的服務表現，持續檢討與改善。

世上沒有任何一個完美的醫療系統。香港應以海外醫療系統及經驗，作為改革之路的參考，但亦必須容許跨專業的討論和社區參與。改革不等於一下子推翻現時擁有的一切，而是找到方法後，一點一點地落實和執行。當中，政策制訂者的決心和視野便極為重要。

這是一個需要花費無比力氣和耐心，才能理解的亂局。但若我們因為眼前問題太複雜難解而放棄、無視，我們的親人老去時，將難以得到妥善的照顧，到我們老去之時，亦將更痛苦。屆時下一代面對的局面，亦會更難解決。

以區區一書去總結香港醫療系統的問題，實在是走馬看花，只望本書能收抛磚引玉之效。本書出版之際，距首間地區康健中心開幕只餘不到兩個月。我們視這個時刻為放任醫療崩壞，或亡羊補牢的分水嶺。衷心盼望對香港醫療有感的朋友，能一起參與討論。

註：

1　　如抗藥性病菌，新型傳染病，因氣候變化而生的健康問題等。

2　　如因入院而感染傳染病，因接受必要的治療而陷入財困，或因確診某些疾病而遭歧視等。

3　　食物及衞生局。2019年。〈醫療人力規劃和專業發展策略檢討報告〉。
　　　取自https://www.fhb.gov.hk/download/press_and_publications/otherinfo/180500_sr/e_ch1.pdf

4　　Density of physicians (total number per 1000 population, latest available year). (2019).
　　　Retrieved from https://www.who.int/gho/health_workforce/physicians_density/en/

5　　Density of nursing and midwifery personnel (total number per 10 000 population,
　　　latest available year). (2019). Retrieved from https://www.who.int/gho/health_workforce/
　　　nursing_midwifery_density/en/

6　　Chapter 4: NHS staff will get the backing they need. (2019).
　　　Retrieved from https://www.longtermplan.nhs.uk/online-version/
　　　chapter-4-nhs-staff-will-get-the-backing-they-need/

7　　Marmot, M., & Allen, J. J. (2014). Social determinants of health equity.
　　　American journal of public health, 104 Suppl 4(Suppl 4),
　　　S517—S519. doi:10.2105/AJPH.2014.302200

8　　若你對健康不公平（Health Inequity）和社經不平等與健康這議題有興趣，
　　　我們強烈建議您去拜讀最早提出左右健康的社會因素之父，
　　　英國學者Professor Sir Michael Marmot所著的《健康鴻溝：來自不平等世界的挑戰》
　　　(The Health Gap: The challenge of an unequal world)。

9　　Yip, B., Lee, E., Sit, R., Wong, C., Li, X., Wong, E., Wong, M., Chung, R., Chung, V.,
　　　Kung, K. and Wong, S. (2018). Nurse-led hypertension management was well accepted and
　　　non-inferior to physician consultation in a Chinese population: a randomized controlled
　　　trial. Scientific Reports, 8(1).

作者：公共衛生研究社

出版經理：Fokaren

編輯：Manami、Janis Chow、Fokaren

校對：Wai Yui、Alston Wu、Yuri Yau

美術總監：Abby Ng

書籍設計：Abby Ng

出版：白卷出版社

　　　黑紙有限公司

　　　新界葵涌大圓街11-13號同珍工業大廈B座1樓5室

網址：www.whitepaper.com.hk

電郵：email@whitepaper.com.hk

發行：泛華發行代理有限公司

電郵：gccd@singtaonewscorp.com

版次：2019年7月　初版

　　　2019年8月　第二版

ISBN：978-988-79044-1-0